245

Ilse Bähnert und der Frosch ohne Maske

Ilse Bähnert und der Frosch ohne Maske

Tom Pauls und Mario Süßenguth

Alle Personen in dieser Geschichte sind frei erfunden, abgesehen von den historisch verbürgten. Übereinstimmungen oder Ähnlichkeiten mit lebenden oder verstorbenen Personen sind daher unmöglich!

Impressum

SAXO'Phon GmbH

Satz und Gestaltung: Tom Winter · Dresdner Verlagshaus Technik GmbH

Titelfoto: Stephan Floß (Ilse Bähnert), Rettungsring: CSschmuck (fotolia.com)

Druck: CPI Moravia Books GmbH

ISBN 978-3-938325-94-0

KAPITEL 1

Der Hauptgewinn

„Weltberühmter Ozeandampfer mit sieben Buchstaben?"

Ilse Bähnert wiederholte die Frage ein ums andere Mal wie ein segensreiches Gebet und senkte ihren mit Lockenwicklern umkränzten Kopf noch tiefer hinab auf die schwarzweißen Waben des Kreuzworträtsels. Das Ende des gelben Bleistiftstummels schob sie grübelnd zwischen ihre Lippen.

„Noch das eene Wort – dreizehn senkrecht – und ich hab's geschafft!"

Das weiche Holz, das die schwarzgraue Graphitmine umschloss, zeigte bereits zahlreiche sanfte Bissspuren, die vom gedankenverlorenen Knabbern herrührten. Auf die Frage nach einem heimtückischen Kapitalverbrechen mit fünfzehn Buchstaben – vier waagerecht – war ihr die Antwort ohne Zögern eingefallen: Eifersuchtsmord! Auch der Familienname eines berühmten englischen Krimiautors kam wie aus der Pistole geschossen: Wallace. Aber jetzt versagten ihr die grauen Zellen den Dienst.

„Een Schiff? Meenen die de *Völkerfreundschaft*", flüsterte Frau Bähnert ratlos und fügte umgehend hinzu, als würde sie sich selbst die Antwort geben: „Nee, ist leider zu lang – und Fritz Heckert ooch!"

Dabei war die stolze *Fritz Heckert* das einzige Luxusschiff, das Frau Bähnert je von innen gesehen hatte.

„Damals, im Mai 1961, FDGB-Urlaub! Mit Jungfernfahrt ab Wismar, ha ha."

Die alte Dame schmunzelte und tauchte für einen Moment lebhaft in die fröhliche, unbeschwerte Vergangenheit ein.

„Wir waren jung und schön, na ja - fast! Und mein feiner Herbert hat sich gar nich mehr eingekriegt, so oft wie der vom bomforzionösen Promenadendeck aus de Fische in dor Ostsee gefüttert hat! Na ja, trinkfest war er, mein Goldschatz – aber seefest, nee! Da hats ihm immer gleich sein Magen umgedreht, genau wie in dor Berg- und Talbahn off dor Vogelwiese! Da isser ja och nur wegen mir mit eingestiegen, dor Liebe."

Das Fenster zu Frau Bähnerts Dachgeschosswohnung stand weit offen. Von draußen wehte vorsommerliche Luft herein. Die Maisonne schimmerte still durch die zartgrünen Blätter der Kastanie auf dem Wäscheplatz. In der kleinen aufgeräumten Küche gurgelte leise und gleichmäßig die neu angeschaffte Qualitäts-Kaffeemaschine, mit der sich die beherzte Witwe ihren Nachmittagsbohnenkaffee aufbrühte, mit vollem Aroma und kein bisschen entkoffeiniert. Wie immer dienstags lag auf Ilses Schoß ein druckfrischer TROLL, dessen knifflige Rätsel sie voller Eifer und im hoffnungsvollen Kampf gegen die drohende Verkalkung zu lösen versuchte.

Die Antwort auf die Dampferfrage bildete das entscheidende Wort im großen Preisrätsel des Heftes, das für den glücklichen Gewinner eine siebentägige Flusskreuzfahrt von Dresden nach Böhmen in Aussicht stellte. Frau Bähnert schaute an die Decke und suchte auf dem weißen Putz nach der Lösung. Wenn es eine Kaffeesorte gewesen wäre oder eine Pistolenmarke – auch dafür interessierte sich die furchtlose Frau –, dann wäre ihr schnell der passende Begriff eingefallen. Aber Ozeandampfer?

„Queen Elizabeth zwo“, sagte Frau Bähnert und merkte beim Abzählen der Buchstaben mit den Fingern, dass auch diese Bezeichnung nicht in die sieben Kästchen waagerecht hineinpasste.

Das dicke, schon hier und da fleddernde Kreuzworträtsellexikon hatte die rüstige Seniorin ausgerechnet an ihre Freundin Traudel verliehen.

„Is ooch schon wieder vier Jahre her, dass ich der den Schmöker geborgt habe“, sagte Ilse und fügte dozierend hinzu: „Een Buch zu verborgen, is im Prinzip sinnlos! Da kann mans ooch gleich verschenken! Kriegst nischt wieder! Forschdbar! Aber ich brauche es, das Lexikon! So eene Kreuzfahrt offem Fluss, das täte mich schon mal reizen!“

Sie legte den durch häufiges Anspitzen nur noch daumenlangen sechseckigen Bohemia-Bleistift und das Rätselheft auf den runden mahagonifurnierten Beistelltisch, wo bereits der abgerubbelte graue Radiergummi mit dem Abbild eines rüsselschwenkenden Elefanten und die kurbelbetriebene Bürospitzmaschine ihren Platz hatten. Mit den Händen stützte sich die kittelbeschürzte Dame auf den Armlehnen auf, ächzte kurz wie ein morscher Schrank und erhob sich mühsam aus dem flauschigen grünen Ohrensessel. Schlürfend, die karierten Kamelhaarpantoffeln über den roten Wohnzimmerperser ziehend, ging Frau Bähnert zur Kommode, in der ihre mit jahreszeitlichen Motiven bestickten Tischtücher und allerlei Krimskrams verstaut waren. Oben drauf lag fein säuberlich ein kreisrundes Plauener Spitzendeckchen und auf ihm stand das alte schwarze Telefon. Mit dem Zeigefinger drehte die Dame mittels der vergilbten Wählscheibe die Ziffernfolge von Traudels Telefonnummer, die erfreulicherweise aus den ersten Zahlen von Frau Bähnerts Geburtstag bestand – 13 08 19... Mit dem klobigen Hörer am Ohr wartete Ilse Bähnert eine Weile und hörte sich geduldig das Tuten an.

„Ist wahrscheinlich wieder eingenickt, meine Traudel! Na ja, muss die dünne Luft da ohm sein, offem Weißen Hirsch! Ständig müde und erschöpft, die Gute“, brabbelte Ilse in die Muschel.

Es knackte, und Traudel meldete sich.

„Ja, bitte! Hier Ederberg“, knisterte es. Traudels Stimme wirkte verschlafen und schwach.

„Hallo, guten Tag! Hier ist de Ilse! Wenn Du Dich erinnern kannst, liebe Traudel: Ich bin Deine Freundin aus Löbtau!“, sprudelte Frau Bähnert spöttisch los.

„Ach, Ilse? Ja, was ist … Ist was passiert?“

„Nee, ich lebe noch, wie Du hörst. Aber mir fehlt etwas!“

„Was fehlt Dir denn, Ilse, bist Du krank?“, fragte Traudel erschrocken.

„Mir fehlt nischt Körperliches, von mein Kreuzschmerzen mal abgesehen, das zieht und hackt, wenn ich nur dran denke... Aber apropos Kreuz. Mir fehlt een Buch! Traudel, ich habe Dir doch damals das Kreuzworträtsellexikon..."

Ilse Bähnert konnte diesen Satz nicht zu Ende sprechen, denn Frau Ederberg – ebenso langjährig verwitwet wie die Freundin aus Löbtau – fiel ihr ins Wort.

„Ach, meine allerliebste Ilse, das wollte ich Dir immer schon erzählen. Das Buch habe ich..."

„Du hast es versimst, Traudel, gebe es zu! Das hätte ich Dir nicht zugetraut! Obwohl: gedacht habe ich mir so was immer!"

„Nein, nicht versimst – ich habe es verborgt!"

„Du hast es – verschenkt? Mein Rätsellexikon! Traudel! Hilfe, mein Nervenkostüm ist sehr dünn geworden!" Nach Luft schnappend legte Frau Bähnert den Hörer auf die Kommode, griff zu dem kleinen Fläschchen, das neben dem Fernsprechapparat stand, öffnete mit zittriger Hand den Schraubverschluss und nahm einen Schluck von der sonnengelben Flüssigkeit. „Das brauche ich jetzt! Ohne meinen Eierlikör wäre ich längst nicht mehr off dieser Welt! Bringt den Herzschlag wieder off de Reihe!"

Sie schüttelte sich kurz und kräftig wie ein Hund, der das nasse Fell trocknet. Ilses Eierlikör war ein überaus hochprozentiges Getränk, selbstverständlich selbstgemacht, mit gut dreißig Prozent Alkohol. Dann verengten sich ihre Augen zu einem schmalen Schlitz, und sie nahm den Telefonhörer wieder auf.

„Traudel, horsche mir mal ganz genau zu! Unsere Freundschaft hat vieles ausgehalten, fast zu viel", sagte sie mit schneidender Stimme in die Sprechmuschel: „Aber irgendewann ist das Ende dor Fahnenstange erreicht."

Die kleine, schmale Frau stand an ihrer Kommode. Vor Erregung bebte und zitterte sie am ganzen Leib wie ein Bäumchen im Wind. Frau Bähnert ließ sich bisweilen recht schnell aus der Reserve locken. Dann unterschied sie selten zwischen Freund und Feind. Ilse atmete schwer. Sie legte des altersschwachen Herzens wegen eine kurze Pause ein, die wiederum Traudel für ihre Antwort nutzte.

„Was regst Du Dich denn so auf, Ilse!", sagte die Freundin: „Wenn ich mich auf die Schnelle richtig entsinne, habe ich Dir vor Jahren, also noch unter Honecker, *Unser großes Kochbuch* aus dem Verlag für die Frau geliehen! Geliehen, Ilse! Ich kann mich nicht erinnern, dass Du es mir jemals zurückgegeben hast!"

Frau Bähnert schluckte, als sie das hörte, und sie schlug umgehend einen versöhnlicheren Ton an, denn das erwähnte Standardwerk der ostdeutschen Kulinarik hatte Ilse wiederum selbst weiter verliehen an Frau Opitz aus der Nachbarschaft – und natürlich ebenso wenig zurückbekommen wie jedes andere verliehene Buch. Mit Frau Opitz ließ sich jedoch nicht mehr vernünftig reden, weil sich beide wegen eines vom Wäscheplatz verschwundenen teuren Rheuma-Schlüpfers heillos zerstritten hatten. Frau Opitz bezichtigte Frau Bähnert des vorsätzlichen und heimtückischen Miederdiebstahls, was Frau Bähnert hartnäckig zurückwies. Das Kochbuch würde ihr Nachbarin Opitz nie und nimmer zurückgeben. Frau Bähnert schloss die Augen und atmete tief ein und wieder aus.

„Gut, Traudel, ich verzeihe Dir noch eenmal. Machen wir jetzt keene Panik off dor Ti..."

In diesem Moment vollendete sich für Frau Bähnert ein gedanklicher Kreis. Sie zog die Augenbrauen hoch, blickte mit einem Funkeln in den Augen geradeaus, an die Blümchentapete vis-à-vis und tirilierte:

„Titanic! Das isses – de Titanic wird gesucht!"

Am anderen Ende der Leitung herrschte Schweigen. Es

folgte ein kurzes Räuspern, dann meldete sich Traudel vorsichtig.

„Die Titanic wird gesucht? Hat man die denn nicht längst gefunden? Ilse, Du hinkst ein wenig den modernen Zeiten hinterher!"

Frau Bähnert trappelte mit den Füßen vor Freude auf dem Boden und ließ sich nicht beirren.

„Weltberühmter Ozeandampfer mit sieben Buchstaben! Traudel – zähl doch mal mit: Tee, Iii, Tee, Aaa, Enn, Iii, Cee! Sieben! Ich habe gewonnen! Und mein Kreuzworträtsellexikon schenke ich Dir! War sowieso eene veraltete Ausgabe, schon damals! Vom Wühltisch in dor Blechbüchse am Leipzscher Brühl!"

Mit einem kurzen Gruß verabschiedete sich die alte Dame von ihrer haßgeliebten Freundin Traudel Ederberg und stürmte, soweit es die teils erlahmten Füße gestatteten, zurück zu ihrem Ohrensessel, ließ sich hineinplumpsen, griff nach dem Schreibutensil und vervollständigte mit einem breiten Lächeln auf den Lippen die fehlenden Buchstaben des Preisrätsels: TITANIC.

Das sich daraus ergebende Lösungswort lautete: Alzheimer. Doch Frau Bähnert verlor inmitten ihres Rätselglücks keinen Gedanken an diese offensichtliche Boshaftigkeit des Zeitschriftenredakteurs. Sie notierte das Wort mit roter Kugelschreibertinte auf einer alten Schwarzweiß-Ansichtskarte aus Herberts Sammlung, die den VEB Petrolchemisches Kombinat Schwedt zeigte. Genüsslich schleckte sie die Briefmarke ab, die wiederum den gültigen Frankiervorschriften in Eurocent entsprach. Dreimal spuckte sie andeutungsweise auf ihr Schreiben, um so das Schicksal zu ihren Gunsten zu bewegen. Dann verließ sie die Wohnung, fast schwebend und scheinbar mit Flügeln ausgestattet, um ihre Karte zum Postkasten an der Kesselsdorfer Straße zu bringen.

Drei Wochen später hielt sie den Brief aus der TROLL-Redaktion in der Hand:

Berlin, 10. Juni

Sehr geehrte Familie Herbert Bähnert,

herzlichen Glückwunsch! Sie haben gewonnen! Schon am 7. Juli startet ihre Flusskreuzfahrt von Dresden nach Prag auf der MS Richard Wagner. Wir haben für Sie und Ihre Frau Ilse eine Außenkabine mit Doppelbett gebucht. Weitere Reiseunterlagen erhalten Sie in den nächsten Tagen.

Wie betäubt vor Rührung, ließ sich Frau Bähnert auf den Stuhl in der Küche fallen, griff blindlings zur Anrichte, wo ebenfalls stets eine Eierlikörflasche positioniert war, öffnete das Gefäß wie im Traum und leerte es in einem Zug. Der Alkoholvorrat auf dem Küchenschrank war eine Charge des milden Likörs mit nur zehn Volumenprozent Alkohol. Die Dame war heiter und glücklich.

„Zum ersten Mal in meinem ganzen Leben hab ich was gewonnen, das den Wert eener blechernen Thermoskanne übersteigt!“, jauchzte sie.

Aus alter Gewohnheit hatte Ilse als Absender „Familie Herbert Bähnert“ auf die Karte geschrieben, was ihr nun sogar eine Doppelkabine während der gewonnenen Kreuzfahrtreise einbringen sollte. Noch am gleichen Abend beschloss Ilse Bähnert, die Reise allein anzutreten.

„Mit dor Traudel kriege ich mich doch nur wieder in de Wolle wegen irgend eenem Mann oder wegen dem besten Platz beim Kapitänsdinner!“

Frau Bähnert schlurfte in ihren engen Korridor, schaute in den Flurspiegel, dreht den Kopf leicht nach links und ein wenig nach rechts, spitzte die Lippen und zog sachte die Haut etwas straffer.

„Die Traudel denkt immer noch, dass se de Ak … traktivere sei von uns beeden Frauenzimmern. Dass ich nicht lache! Die soll ma ihre Brillenstärke korrigieren lassen. Paar Dioptrien droff, dann sieht die werte Dame, wär hier de Schönste ist im ganzen Land! Ich, de Ilse – wer denn sonst? Und deshalb bleibe ich lieber mit mir unter zwee Oochen off der Kreuzfahrt. Und wer weeß: Vielleicht findet sich noch een einsamer Multimillionär, der mir das Wasser oder den Champagner reichen kann."

Frau Bähnert fühlte sich noch immer berauscht von der Gewinnbenachrichtigung. Keinem wollte sie etwas davon verraten. Im Haus würden sowieso alle nur neidisch tratschen, wenn bekannt würde, dass sie auf einer solchen Luxusfahrt als Passagier dabei wäre. Ihre Topfblumen und Zimmerpflanzen, darunter die üppige Monstera, würde sie in die Badewanne stellen, mit ausreichend Wasser. Dann bräuchte sie während ihrer Abwesenheit nicht einmal jemanden zum Gießen in die Wohnung lassen.

Das Reisefieber ergriff sie, was sich durch ein elektrisierendes Summen im Körper bemerkbar machte. Die Dame spürte den Tatendrang in sich und die Lust auf die Ferne, obwohl die Reise erst in etlichen Tagen bevorstand.

„Was nehme ich eigentlich mit off so eene Fahrt", fragte sich Ilse, als sie mit der Lupe die Reiseroute von Dresden nach Böhmen absuchte. Sie nutzte dafür ihren noch gut erhaltenen Schulatlas aus dem Jahr 1932.

„Wenn der Kahn nu in Tetschen absäuft? Sollte ich vielleicht enne eigene Rettungsweste einpacken oder die Schwimmärmel, die dor Hedwig ihr Enkel mal bei mir vergessen hat?"

Dutzende von Gedanken schossen Ilse durch den Kopf.

„Off alle Fälle nehme ich Proviant mit, falls der Äppelkahn off Grund läuft! Wenn dor Flusspegel fällt, will ich wenigstens nicht verhungern müssen!“

Tatsächlich bewahrte Frau Bähnert seit vielen Jahren eine ganze Reihe von Konserven auf, die sie für den Fall der Fälle auf Vorrat hielt.

„Wer eenmal ausgebombt wurde und nischt ze fressen hatte, der wird mein kleenes Notlager für eine pfiffige Idee halten!“, sagte Frau Bähnert, als sie im unteren Fach des Küchenbuffets nach den Dosen mit Touristenblutwurst kramte.

„Noch aus dor Wendezeit! Abor haltbar bis 2015! Ist wie guter Wein, so eene Büchse aus dem VEB Fleisch- und Wurstwaren! Dor Inhalt wird mit den Jahren immer würzscher!“

Fünf der Konservendosen stellte sie für ihr Reisegepäck beiseite – und dazu drei große, selbst abgefüllte Flaschen ihres Eierlikörs.

KAPITEL 2

Willkommen an Bord

Keinem Menschen am Kai entging die auffällige ältere Dame, die sich mit einem riesigen, annähernd kutschenradgroßen Sonnenhut auf dem zierlichen Kopf, einem geblümten Sommerkleid und mit einem schottenrockgemusterten Trolley den Weg durch die wartenden Kreuzfahrtpassagiere bahnte.

„Schön guten Morgen, die Herrschaften!“, rief Frau Bähnert vergnügt in die Menschentraube: „Dor Kapitän will mich persönlich empfangen! Vielen Dank, dass Sie mich durchlassen, ooch, das ist aber sehr nett von Ihnen!“

Ilse fühlte sich wie die Schiffseignerin persönlich und bedankte sich bei jedem Herrn, der ihr aus dem Weg ging, ob er dies nun freiwillig tat oder erzwungenermaßen, denn um einen hindernisfreien Weg nach vorn an den Anleger zu haben, setzte die resolute Dame ihren spazierstocklangen roten Regenschirm ein.

Nicht alle Anwesenden nahmen den Auftritt der Witwe so gelassen hin. Es fielen unfeine Worte wie „Rattengewitter“ oder „Sachsenplage“. Nur ein braungebrannter Herr um die Siebzig, mit blondiertem Künstlerschopf und einem in der Sonne glitzernden Halskettchen, machte Frau Bähnert ein Kompliment.

„Sie gefallen mir, verehrte Dame! Sie haben Ausstrahlung und Energie, von der andere Personen nur träumen können“, sagte der Herr mit sonorer Stimme und trat elegant einen Schritt zur Seite, um Ilse Bähnert bis nach vorn an die Absperrung zu lassen.

„Dankeschön! Sie haben wenigstens e bissel Manieren!“, sagte sie artig und hielt ihren windempfindlichen Hut fest, damit ihn die Böen, die vom Fluss herauf wehten, nicht runterrissen. Unter der schattenspendenden breiten Krempe verbarg sich das fein geschnittene Gesicht der Witwe, das in dem bläulichen Licht etwas Vornehmes, fast Adliges annahm. Verlegen rollerte Frau Bähnert ihr schlichtes Gepäckwägelchen mit den rasselnden Rädchen hin und her und schaute dem Gentleman in die Augen.

„Irgendwoher kenn ich Sie? Heimatfunk? Drittes Programm?", fragte sie neugierig. „Sie sind bestimmt so een berühmter Künstler, habe ich recht! Och, das ist ja herrlich, ich bewundere Menschen wie Sie!"

Der Herr spielte den Bescheidenen und nickte demütig. Er griff in die Tasche seines karierten Jacketts und holte eine Autogrammkarte heraus, die er Frau Bähnert mit großer Geste überreichte.

„Meine Dame, ganz recht, Sie kennen mich von Bühne, Funk und Fernsehen. Gestatten! Bobby Silber! *Die schönsten Jahre mit Dir!* Sie erinnern sich vielleicht an meinen größten Erfolg!"

Frau Bähnert schob aus lauter Verblüffung ihre Unterlippe nach vorn, zog die Augenbrauen hoch und drückte ihr Kreuz durch, um ein paar Zentimeter größer zu erscheinen.

„Sie sind dor Bobby Silber, *der* Bobby Silber? Da habe ich doch alle Platten gekooft, damals!", rief sie aufgekratzt: „Na gut, war ja nischt für mein Herbert, der fands een bissel zu schnulzig. Aber ich! Ich kann jede Melodie und jedes eenzelne Wort auswendig – noch heute. Aber ich hätte Sie jetzt nicht sofort wiedererkannt! Na, warten Se, wie hieß Ihr erfolgreichster Hit aus dem Sommer 1972?"

Ilse hielt kurz inne, dann stellte sie sich in Positur und stimmte die Liedzeile an.

„Wenn das weiße Schiff ... auf Reisen geht ... und das blonde Mädchen an der Mole steht."

In der noch frühen Morgenstunde traf Frau Bähnert nicht jeden Ton, und die schon ungeduldigen, durch Frau Bähnerts divenartigen Auftritt angespannten Kreuzfahrtpassagiere stöhnten auf, einige lachten leidlich amüsiert oder verdrehten die Augen. Der gealterte Schlagerstern Bobby Silber ertrug es mit Fassung. Er klatschte sogar ein paar Mal in die faltenreichen Hände, auch, um damit das schräge Vorsingen Frau Bähnerts schneller zu beenden.

„Wunderbar! Sie müssen meine Lieder sehr oft gehört haben!", sagte der Star von einst, holte tief Luft und wendete sich auch den anderen Schiffsgästen zu: „Freuen Sie sich auf Ihre Reise! Ich werde an den Abenden während der Kreuzfahrt-Shows meine schönsten Hits präsentieren!"

„Hach, das ist ja wie in eenem Märchen, in dem sich die allorgeheimsten Wünsche erfülln", gluckste Frau Bähnert vor Glück. „Ich werde keinen Abend fehlen, dadordroff können Sie sich verlassen, Herr Bobby! Das ich das noch eenmal erleben darf!"

Ein Raunen und Tuscheln ging wie ein warmer Sommerwind durch die Reihen der Wartenden, als sie die Ankündigung Bobby Silbers hörten. Die älteren Damen am Hafenkai bekamen ein eigenartiges Glitzern in den Augen. Nur die zumeist bierbäuchigen Ehemänner mit ihrem grauen Haarkranz um die spiegelnde Glatze nahmen es äußerlich gelassen hin und musterten den Schlagerbarden mit kritischem Blick.

In Figur und Aussehen übertraf er die meisten anderen Herren seines Jahrgangs deutlich. Die Gesichtshaut war gleichmäßig braun getönt. Feine, sorgsam im Zaum gehaltene Fältchen durchzogen die Stirn. Besonders sein onduliertes volles Haar ließen den Sänger fast so jugendlich erscheinen, wie auf den Schallplattenhüllen der siebziger Jahre. Einst füllte Bobby Silber spielend jedes Kreiskulturhaus und sogar einmal, zusammen mit Frank Schöbel und Chris Doerk, den ganzen Palast der Republik. Mit seinen blütenweißen Leinenhosen, den lässigen taubenblauen Segelschuhen aus Leder und seinem legeren cremefarbenen Karo-Jackett über dem großzügig aufgeknöpften Seidenhemd wirkte er wie ein weltläufiger Lebemann. Nur seine eingefallenen Wangen und der hervorstechende Adamsapfel ließen ihn ein wenig ausgemergelt erscheinen. Das Playboy-Image pflegte Bobby Silber seit fünf

Jahrzehnten. Auch wenn mittlerweile weder die Haare noch die Zähne echt waren, so versprach die Fassade doch vieles von dem, was sich eine reife Frau von einem älteren Mann wünschte.

Von einer Gefährtin oder Gattin an seiner Seite war indes öffentlich nie die Rede. Lange galt „das Goldkehlchen", wie die Zeitungen Bobby Silber in seinen besten Jahren wortspielerisch nannten, als begehrtester Junggeselle des Landes.

Schritte polterten auf der Gangway. Der Kapitän und sein auffallend groß gewachsener Erster Offizier näherten sich mit strahlenden Gesichtern. Beide steuerten zielstrebig auf ihren prominenten Gast zu. Sie trugen tadellos sitzende Uniformen.

„Ich bin Harald Dahland und möchte Sie im Namen der gesamten Crew und auch der Passagiere ganz, ganz herzlich an Bord des Flusskreuzfahrtschiffes Richard Wagner begrüßen", rief der Schiffsführer, der mit seinem grauweißen, akkurat gestutzten Kinnbart einem Kapitän aus dem Bilderbuch glich: „Herr Silber, es ist uns eine große Ehre, dass Sie in den kommenden sieben Tagen die Stimmung bei uns an Bord kräftig anheizen werden!"

Frau Bähnert beobachtete die Begrüßung aufmerksam und voller Hingabe. Dann meldete sie sich zu Wort, noch ehe der Sänger etwas auf die Kapitänsworte erwidern konnte.

„Ich kenne den Bobby Silber ja noch aus dor Talenteschau, hier mit unserm Heinz Quarkmann, Herzklopfen kostenlos, ha ha. Da war dor Bobby noch fast grün hintern Ohren, 1958. Hach, Kinder, wie die Zeit vergeht!" Ilse Bähnert seufzte und legte die Hände ehrfürchtig auf ihren Oberkörper, fast wie vorm Altar. „Wissen Sie das, Herr Silber? Sie sind für mich wie ein Heiliger!"

Der Kapitän und sein Erster Offizier schauten irritiert auf die kleine Dame mit dem großen Hut, unter dem das Gesicht fast wie hinter einer Burka verborgen war. Der Offizier schien zu ahnen, um wen es sich handelte. Er flüsterte seinem Vorgesetzten etwas ins Ohr. Der Kapitän räusperte sich, blickte mit einem entschuldigenden Lächeln zu Bobby Silber und wendete sich an Frau Bähnert.

„Ebenso hoch erfreut will ich unsere Kreuzworträtselkönigin willkommen heißen!“, sagte der Kapitän. Er ließ sich vom Ersten Offizier die Passagierliste reichen, blickte darauf und fuhr fort. „Meine Damen und Herren, Herr Herbert und Frau Ilse Bähnert haben diese Schiffsreise gewonnen! Dafür einen kleinen Applaus, ebenso für unseren Stargast Bobby Silber!“

In den Beifall der Passagiere hinein fragte der Kapitän Frau Bähnert noch etwas, was aufgrund der Geräuschkulisse nur sie verstehen konnte.

„Wo ist denn Ihr Ehemann?“, erkundigte sich Dahland: „Der Erste Offizier würde Sie jetzt gern gemeinsam zu Ihrer Kabine begleiten!“

Vom Donner gerührt fiel Ilse Bähnert ein, dass sie auf allen ihr zugeschickten Reiseunterlagen die beiden Namen „Herbert“ und „Ilse“ unbeanstandet stehen gelassen hatte. Ihr war es jetzt peinlich, den Irrtum aufzuklären. Sie zog den Hut etwas tiefer ins Gesicht und raunte Kapitän Dahland ihre Notlüge zu.

„Mein Herbert hat sich den Magen verdorben! Vorgestern! An so eener Hamburgersemmel. Erst wäre er fast dran erstickt, so trocken war die. Jetzt kommt er vom Toppe nicht mehr runter!“

„Das tut mir aber leid um Sie und Ihren Mann“, sagte der Kapitän und gab seinem Kollegen einen Wink: „Mein Erster Offizier kümmert sich um Sie. Genießen Sie die Reise trotzdem, wenn auch ohne Ihren Mann! Sie werden sicher sehr schnell Anschluss in der familiären Atmosphäre unseres Schiffes finden. Und die Doppelkabine bleibt Ihnen selbstverständlich ohne Aufpreis überlassen!“

„Das ist sehr gütsch von Ihnen!“, sagte Frau Bähnert, zog ein Stofftaschentuch aus der Handtasche und schnäuzte sich:

„Er wäre so gern mitgekommen, mei Herbert! Abor vielleicht ist es ooch besser so! Offm Wasser hat er sich nie richtsch wohl gefühlt! Das Geschaukle!“

Von hinten mischte sich eine Berlinerin ein.

„Det war bei mein Jeliebten janz jenauso! Hieß ooch Härbat! Na ja, nu isser tot, meiner jedenfalls!“, schnatterte die wohlbeleibte Hauptstädterin, die von einem jungen Herrn gestützt wurde, den sie in ihrem rauen Ton immer wieder maßregelte: „Ingo, jetzt zerreiß mir nisch det Blusenhemd! Det war teua!“

Mit Widerwillen nahm Frau Bähnert zur Kenntnis, dass an Bord auch preußisch gesprochen wurde, ein Dialekt, den sie für einen bedauerlichen Irrtum unter den Mundarten hielt. Dennoch vergaß die Witwe aus Dresden auch in diesem Augenblick nicht ihre gute Kinderstube. Sie stellte sich der Mitreisenden vor.

„Ilse Bähnert, Dresden, Freistaat Sachsen!“, näselte sie pikiert nach hinten.

„Na, det hört man ja ooch – det mit Sachsen, wa! Ick bin Renate Schmarge, Berlin, Hauptstadt! Hier und det…“ Sie rempelte ihrem jüngeren Begleiter in die Seite: „Det ist mein Sohn! Nun stell Dir doch ma vor!“

Dem etwa vierzigjährigem Mann mit seinen hohlen Wangen und einem recht dünnen, aber doch athletischem Erscheinungsbild, passte die schroffe Art seiner Mutter nicht. Er blies genervt eine Strähne seines schulterlangen braunen Haares aus dem Gesicht und sagte halblaut, dass er der Ingo sei und in Halle-Neustadt wohne. Dann drängte er seine Mutter zur Eile.

„Komm schon, wir müssen an Bord“, sagte Ingo in einem breiten sachsen-anhaltinischem Dialekt: „Die anderen Fahrgäste beklagen sich schon, Mutter. Vergiss Deinen Stock nicht und die beiden Beutel!“

Bepackt wie ein Maultier – mit Koffern, Schirm, Stock und den besagten Stoffbeuteln – hinkte Frau Schmarge über die ausgewaschenen Holzbohlen an Deck des Schiffes.

Frau Bähnert hatte die Berlinerin und deren Sohn Ingo großzügig an sich vorbeiziehen lassen, um nicht gemeinsam mit dem ungleichen Duo an Bord gehen zu müssen. Neben Ilse wartete ungeduldig der Erste Offizier, der endlich die ihm anvertraute Alleinreisende auf die *Richard Wagner* geleiten wollte. Für einen Moment jedoch mochte die Witwe noch ausharren, um den imposanten Blick auf das strahlend weiße Flusskreuzfahrtschiff genießen zu können. Eine Schar rhythmisch krächzender und kehlig schreiender Möwen kreiste darüber und erhoffte sich Brot von den Passagieren, die aber noch mit dem Einschiffen beschäftigt waren. Die Wellen der Elbe plätscherten sanft gegen den glatten Stahlrumpf des Schiffes, unter dem der Fluss ein sattes Schmatzen und Schlürfen hervorbrachte. Zwei Schwäne umrundeten den Vier-Sterne-Dampfer. Sie schienen ihn erhobenen Hauptes wie einen ungeliebten Fremdkörper zu begutachten. Frau Bähnert sog die flussauengeschwängerte Luft in sich ein und spürte, wie gut ihr das Klima und die beinahe maritime Atmosphäre taten. Der Erste Offizier meldete sich zu Wort.

„Gnädige Frau, wenn Sie gestatten, dann erläutere ich Ihnen auf dem Weg zu Ihrer Kabine den Aufbau und die Ausstattung unseres schwimmenden Hotels!“, sagte er freundlich.

„Ja, wenn Sie so nett wären. Sie müssen wissen, dass ich mich ja schon een bissel auskenne off den sieben Weltmeeren“, schwadronierte Ilse Bähnert: „Pazifik, Karibik, Ostsee, Talsperre Malter und de Mulde – kenne ich doch alles! Und damals mit dor *Fritz Heckert,* das war schon een Erlebnis.“

„Geben Sir mir bitte Ihre Hand! Auf der Gangway kann es so früh am Morgen wegen des Taus noch glatt sein“, unterbrach sie der Erste Offizier und griff nach der zierlichen Faust von Frau Bähnert: „Folgen Sie mir! Hier auf dem Oberdeck befinden sich der Panorama-Salon *Tristan* und unsere Schiffs-Bar *Isolde* – und auch Ihre Kabine finden Sie hier, die beste Kategorie, noch ein ganzes Stück weit attraktiver als die Quartiere auf dem Hauptdeck, eine Etage tiefer!“

„Na, das möchte sein“, schwatzte Frau Bähnert dazwischen: „Ich habe schließlich de TROLL-Rätselnuss geknackt! Da erwarte ich nur das Beste! Wo gibt's denn was zu futtern?“

„Nun, wenn Sie unser Bord-Restaurant *Lohengrin* meinen: Es befindet sich auf dem Hauptdeck, ein Stockwerk tiefer. Sie erreichen es dort drüben, über unsere Treppe.“ Der Erste Offizier zeigte auf eine breite Stufenanlage, die mit rotem Teppichbelag überzogen war.

Im Inneren des Kreuzfahrtschiffes fühlte sich Frau Bähnert sofort wohl und daheim. Die pastellweiß-honiggelb gestreiften Stofftapeten und die nussbraunen Holzleisten entlang der Treppen und der Gänge strahlten Luxus aus, wie ihn Ilse Bähnert sonst nur aus alten Ufa-Filmen kannte. Blankpoliertes Messing glänzte an den Handläufen, an den Lampenfassungen und an der Rezeption. Der Erste Offizier holte den Kabinenschlüssel vom Empfang.

„Sie haben die Nummer 210. Sie müssen sich die Zahl nicht unbedingt merken. Wir haben die Kabine auf Ihren Namen gebucht. Es reicht, wenn Sie sich damit bei meiner Kollegin am Rezeptions-Tresen melden“, sagte der Offizier und fuhr ungefragt fort, über die Daten des Schiffes Auskunft zu geben: „Unsere Crew besteht aus 21 Frauen und Männern. Wir haben 24 Kabinen auf dem Hauptdeck und 21 Kabinen auf dem Oberdeck. Die Schiffslänge beträgt achtzig Meter und die Breite neuneinhalb Meter. Wenn Sie weitere Fragen haben, können Sie sich gern an mich oder meine Kolleginnen und Kollegen wenden. So, hier wären wir.“

Der Erste Offizier steckte im Dämmerlicht des Flurs den Schlüssel in das Schloss der dunkel gebeizten Holztür. Es klickte dumpf. Mit dem Handballen drückte er dagegen und die Tür öffnete sich mit einem kaum wahrnehmbaren Rauschen. Ilse Bähnert stand der Mund offen. Sie war mehr als angetan von ihrem Domizil, das für die nächsten sieben Tage und sechs Nächte ihr Reich sein würde.

„Hier lebste ja wie dor Scheich von Persilien!", entfuhr es ihr: „Fehlen nur noch die Diener, die mir de Weintrauben und Hühnchenschenkel ans Bette bringen, ha, ha!"

KAPITEL 3

Frau Bähnert fällt aus allen Wolken

Die Kabine maß rund zwölf Quadratmeter und war in etwa so groß wie Ilses heimisches Schlafzimmer. Die Wände leuchteten in einem sonnengelben Ton. Auf dem Bettbezug lagen zwei in pfefferminzgrünes Papier gewickelte Schokoladentäfelchen. Über dem königlich bemessenen Doppelbett hing ein Messingleuchter. Zudem war in die milchkaffeebraune Decke ein halbes Dutzend kleiner Halogenspots eingelassen. Zwei davon beleuchteten das großformatige Ölgemälde über dem Schlafgemach. Das Bild zeigte eine nebelige Elfenlandschaft mit Paradiesvögeln und einen Weiher mit lilafarbenen Seerosen.

„Ist das nicht herrlich! Und hier, dor Blick offs offne Meer!"

Frau Bähnert trat beherzt an das bodentiefe Panoramafenster, vor dem ein französischer Balkon verhinderte, dass sie bei geöffneten Scheiben in den Fluss stolperte.

„Wir sind sehr um das Wohl unserer Gäste bemüht", sagte der Erste Offizier aus dem Hintergrund, warf dabei einen unauffälligen Blick auf seine Uhr und entschuldigte sich: „Frau Bähnert, die Pflicht ruft. Wir legen in einer Viertelstunde ab. Ich empfehle mich. Ab jetzt sind unsere Stewards für Sie und Ihre Wünsche zuständig. Gute Reise!"

Staunend und hingerissen von der Pracht ihrer Behausung bemerkte sie zunächst gar nicht das Rumoren und Poltern, das durch ihre geöffnete Tür von der auf dem Gang gegenüber liegenden Kabine zu ihr drang. Erst der Dialekt ließ sie aufhorchen. Die Schmarges zogen unmittelbar gegenüber ein. Frau Bähnert ließ ihre Mundwinkel fallen.

„Warum liegen Glück und Unglück immer so dichte aneinander?", stöhnte sie leise: „Mit solchen Nachbarn – da brauchste keene Feinde mehr!"

Sie schlich leise zur Tür und wollte ihre Kabinentür schließen. Doch Frau Schmarge bemerkte die sächsische Urlauberin sofort und schnippte ihr einen flotten Spruch entgegen, wie es Berliner Art ist.

„Wenns bei Ihnen zieht, wa, denn drehn Se sich um, denn schiebts, ha, ha! Off jute Nachbarschaft, Sie Glückspflanze! So ne schöne Reise im Lotto jewonnen. Ick muss immer allet selba blechen!“

„Nicht im Lotto, Frau Nachbarin“, entgegnete Frau Bähnert spitz: „Beim Kreuzworträtselwettkampf, da habe ich diese Fahrt verdient errungen!“

Das aber hörte Frau Schmarge schon gar nicht mehr. Mit ihrem halben Hausrat hatte sie sich, ihren Sohn Ingo voranschiebend, in die Kabine gezwängt. Mit dem dicken rechten Bein stieß sie wuchtig die Tür zu. Rumms!

„Keen Benehmen! Na ja, was willsten erwarten bei denen aus dor Hauptstadt!“, amüsierte sich Frau Bähnert, um sich die Laune nicht verderben zu lassen. Nebenan, an ihre Kabine anschließend, öffnete sich die Tür – und Schlagerstar Bobby Silber schaute griesgrämig heraus. Er roch nach Schnaps.

„Wer lärmt denn hier derart! Ich brauche Schlaf, wenn ich heute auf der Bühne brüll… äh … brillieren soll!“, grummelte er und schaute schlaftrunken in den Gang: „Ach Sie sind es, Frau Blumert, die Totogewinnerin! Glückwunsch noch mal!“

Bobby Silber setzte sein geübtes breites Lachen auf, bei dem ihm fast die alabasterweißen Zähne herausfielen.

„Kreuzworträtsel, Herr Silber! Siegerin beim Preisausschreiben! Nix Toto – und ich heiße Bähnert“, schnurrte die Dame zu ihrem Idol und verzieh ihm sein schlechtes Erinnerungsvermögen. Silber war längst wieder hinter seiner Tür verschwunden. Die Witwe fühlte sich geehrt, Wand an Wand mit ihrem Jugendschwarm nächtigen zu dürfen.

„So nah bei eem Mann, der mir mit seinem Lied *Ein Sommer voller bunter Träume* das Glück beigebracht hat. Hach, wer zwickt mich, dass ich offwache!“

Sie warf einen Blick an die Decke des Ganges, wo in Leuchtschrift der Hinweis *Fluchtweg* zu lesen war. Genau in dem Moment ging ein Ruck durch das gesamte Schiff. Ein bärentiefes Brummen und erdbebenartiges Zuckeln ließ den Boden vibrieren. Frau Bähnert stützte sich erschrocken zwischen den Türholmen ab, schluckte zweimal und erschrak, als sie auf dem Boden eine hellgrüne Lichtspur aufflackern sah, die den Weg über den Gang nach draußen leuchtend markierte. Über ihr knackte etwas. Aus dem Lautsprecher ertönte die Stimme des Kapitäns.

„Sehr verehrte Passagiere, liebe Kreuzfahrtgäste an Bord der *MS Richard Wagner*. Wir legen in diesen Minuten ab und verlassen den Hafen Dresden-Altstadt in Richtung Böhmen, elbaufwärts. Genießen Sie die kommenden Tage! Lassen Sie die Seele baumeln und erfreuen Sie sich an der dahinfließenden Landschaft links und rechts des Ufers. Das Wetter ist sonnig und freundlich – so ist es auch für die kommenden Tage prognostiziert. Um zehn Uhr lade ich Sie herzlich in unsere Bar *Isolde* ein, wo ein Kennenlern-Drink gereicht wird. Ab zwölf Uhr freut sich die Crew, sie beim Willkommens-Lunch im Bordrestaurant *Lohengrin* begrüßen zu dürfen. Auf der Speisekarte stehen Senfeier mit Kartoffeln und Soße sowie Schnitzel Wiener Art mit Pommes und Erbsen."

Langsam beruhigte sich Frau Bähnert wieder. Sie richtete sich die Haare, verschwand in ihrer Kabine, um ihren Reise-Trolley auszupacken und sich für den Kennenlern-Drink schick zu machen. Bis dahin verblieb noch etwa eine Stunde, genug Zeit, um die Stabilität und den Komfort des Kabinenbettes auszuprobieren.

Ilse Bähnert legte die Schokoladentäfelchen beiseite und hievte ihren sorgsam gepackten Rollkoffer auf die roséfarbene Tagesdecke, öffnete den Reißverschluss und entnahm die Gepäckstücke.

„Meine Filzpantoffeln, mor weeß ja nie, obs nich recht fußkalt wird, hier off dem Kahn!", kommentierte sie den ersten Handgriff und stellte die ausgetretenen Latschen vor den Kabinenschrank. „Na und die Schwimmärmel habsch ooch ma mitgenommen, zur Vorsicht! Dann meine Medikamente – dor Eierlikör und eene kleene Goldkrone! Und was zu Lesen, een Kriminalroman von Edgar Wallace!"

Voller hausfraulicher Gründlichkeit verstaute sie die Dinge in den Fächern und Kästen des Kleiderschranks und des Nachttischs.

„Na und hier, meine Touristenblutwurst! Die werd ich gleich mal in den Bordtresor einlagern – sonst frisst mir die noch eener weg!"

Frau Bähnert verriegelte den Safe, schloss sorgfältig die Türen des Einbauschranks und warf einen Blick auf ihr Schlafgemach. Sie wählte die Fensterseite des Bettes, um den Fluss und die Natur des Sommers schnuppern zu können. Dazu summte sie ein Lied von Bobby Silber, seinen letzten großen Plattenhit aus den achtziger Jahren: *Du bist der Traum meines Lebens*. Den genauen Text hatte Frau Bähnert nicht mehr parat, aber die schöne Liedzeile *Wenn zwei verliebt zusammen sind, dann kennt die Zeit kein Maß* trällerte sie zwischen ihre melodischen Summgeräusche.

Es klopfte an der Tür und eine energische Stimme forderte, dass Ruhe herrschen solle. So schwer die Kabinentüren auch wirkten, sie besaßen die Dämmwirkung von Knäckebrot. Frau Bähnert öffnete. Frau Schmarge stand draußen, hinter ihr ragte Sohn Ingo auf.

„Ick bin ooch een leidenschaftlicher Freund von Musike", schnauzte die runde Berlinerin los. „Aber es sollte ooch een bisken den Jesetzen der Melodik foljen. Mein Ingo findet det übrigens och, stimmts Ingo!"

Der Schlacks stand stumm hinter der Matronenmutter und deutete ein Nicken an. Frau Bähnert stieg Wutröte ins Gesicht.

„Mir Sachsen sind nu wahrlich musikalische Menschen! Schütz, Bach, Richard Wagner", schoss es aus der Witwe heraus.

„Det hab ick mir jedacht: Nich singen können – und denn ooch noch größenwahnsinnig! Wagner! Bei Ihnen piepts ja!", plusterte sich Frau Schmarge auf. Sie ließ sich mit ihrem massigen Körper zurückfallen in die Arme des Sohnes und beide setzten sich in Richtung Bordbar *Isolde* in Bewegung. Frau Bähnert wollte die Dreistigkeit nicht ohne Replik lassen. Die Seniorin trat auf den Gang hinaus, hob drohend die Faust und wollte loswettern, da klappte die Tür von Bobby Silber auf.

„Wie kann eine alte Frau allein so viel Krach machen" grantelte er los. „Ich habe vorige Nacht kein Auge zugetan, weil mir der Rücken schmerzt. Ich habe in ein paar Stunden meinen ersten Auftritt. Wenn ich um etwas Ruhe bitten dürfte!", schnaubte er und blickte mit wütendem Blick auf Frau Bähnert.

„Die wars!", keifte die sächsische Lady los. „Wenn hier jemand Radau macht, dann diese … diese Dame dort!"

Frau Bähnert streckte den Finger nach Frau Schmarge aus, die gerade am Ende des Gangs um die Kurve bog. Dann sagte sie mit einem Lächeln:

„Herr Silber, selbstverständlich werde ich Sie schlafen lassen! Ich bin doch ihr größter Fan! *Das Meer und die Wellen, die wolln uns was erzählen…* Herrlich, das Lied!"

Frau Bähnert stimmte Bobby Silbers Sommerhit des Jahres 1977 an, mit dem er acht Wochen in der Schlagerrevue bei Radio DDR 1 platziert war. Silber lächelte angestrengt und zog die Tür zu seiner Kabine wieder ins Schloss. Frau Bähnert zog ein Gesicht.

„Ham eben alle so ihre Allüren, die Herren Künstler! Aber off mein Bobby lasse ich nischt kommen. Das is ein feiner Kerl!"

Sie trat leise vor die Tür des Schlagersängers und hauchte einen Kuss in Richtung seiner Kabine.

„Wenn es noch eenen Mann off dor Welt gibt, dem ich

bedingungslos überallhin folgen würde, dann Dir, Bobby!", flüsterte sie träumerisch und ging zurück in ihr Zimmer.

Ganz unten im Rollkoffer entdeckte Ilse Bähnert ihre weiße Rüschenbluse, die sie für die besonderen Momente der Reise eingepackt hatte. Mit beiden Händen hob sie das Kleidungsstück hervor und runzelte die Stirn.

„Falten über Falten! Es reicht, wenn ich die Knitter im Gesichte habe! Wo habsch denn mei Reisebügeleisen?"

Sie öffnete die vordere kleine Tasche des Koffers und holte ihre Parabellum-Pistole hevor, ohne die sie keine längere Reise mehr unternahm. Das Kriegsmitbringsel ihres Mannes hatte ihr schon in so mancher einsamen Nacht die Angst vertrieben.

„Meine Knarre is da – aber wo ist das Bügeleisen?"

Sie fasste sich an die Stirn und schlug mit der Hand in die Luft.

„Verdammt! Das habe ich off meinem Bette dorheeme liegen lassen!"

Sie schaute auf ihre silberne Ruhla-Armbanduhr und stellte mit Schrecken fest, dass es bereits fünf Minuten vor zehn Uhr war – der Kennenlern-Drink würde bald gereicht. Mit einigen kräftigen Bewegungen versuchte sie die Falten aus der Bluse herauszuziehen. Doch das gelang nicht. Sie rannte hinaus auf den Gang, um einen benachbarten Passagier um Hilfe zu bitten – doch keiner war zu erblicken.

„Hier, die Alte aus Berlin hat doch ihrn gesamten Hausrat mit an Bord geschleppt! Da findet sich doch bestimmt een Bügeleisen, dass ich mir mal ausborgen kann!", flüsterte Frau Bähnert und klopfte bei der Nachbarin an: „Vielleicht ist die wieder zurück in dor Kabine!"

Als sich keiner rührte, pochte Frau Bähnert lauter und bemerkte, dass die Tür der Schmarges einen schmalen Spalt geöffnet war.

„Huhu, ist da einer?", rief sie vorsichtig, schob die Tür auf und trat ein, als keiner antwortete.

Tatsächlich lagerte in der Kabine, die nicht größer als die von Ilse Bähnert war, eine Unmenge an Dingen: Schuhspanner, Plasteschüsseln, Badeutensilien, ein Fußball, Teile einer Anglerausrüstung, eine elektrische Kaffeemaschine, vier dicke Liebesromane und dazu Berge von Kleidern, Hosen, Miedern, Schlüpfern und Unterröcken.

„Sollte wohl ursprünglich mal eene Weltreise werden", ätzte Frau Bähnert: „Das reicht ja für ne einjährige Expedition zum Horn von Afrika!"

Mit spitzen Fingern begann Frau Bähnert, in den fremden Gepäckstücken nach einem Bügeleisen zu suchen. Sie war sich ihrer Untat bewusst, die sie gerade beging. Sie wühlte weiter. Dabei fiel ihr ein gerahmtes Schwarzweiß-Bild in die Hände, das einen jugendlichen Herrn in Trainingsjacke zeigte. Das Haar war ordentlich gescheitelt und mit Pomade leicht nach hinten gekämmt. Seine ausdrucksstarken dunklen Augen und die kräftigen Brauen zogen die Betrachterin sogleich in den Bann.

„Das muss dor Schmargen ihr Mann gewesen sein! Wie die an so eenen Kerl rangekommen ist! Schmuck sieht der ja aus", musste Ilse zugestehen.

Sie streckte die Arme aus, um das Foto etwas weiter von den Augen zu entfernen und so einen scharfen, klaren Blick darauf zu bekommen.

„Sieht fast e bissel aus wie mein Herbert damals! Um nicht zu sagen: Wie meinem Herbert aus dem Gesichte geschnitten! Schon komisch!", raunte Frau Bähnert.

Sie drehte das Bild ein wenig mehr ins Licht, bewegte es nach links und nach rechts. Die Ähnlichkeit mit ihrem eigenen Gatten war frappierend.

„Abor een Zwillingsbruder hatte der doch nich, mei Herbert! War een Einzelkind aus Ebersbach in dor Oberlausitz!", sinnierte die Witwe.

Dann drehte sie das Foto um und entdeckte eine handschriftliche Widmung mit grüner Füllfederhaltertinte auf der braunfleckigen Rückpappe.

Für meine heißgeliebte Renate und unseren kleinen Ingo! 1000 Küsse!
In Erinnerung an die X. Weltfestspiele der Jugend und Studenten 1973, Berlin
Euer Herbert B. aus D.
Weihnachten 1974

Wie eine Dampframme wummerten die Wörter und Zahlen in Ilse Bähnerts Hirn. Die leicht dahin geworfene Handschrift kannte sie nur zu genau. Unzählige Male hatte Herbert mit seiner Klaue kurze Nachrichten auf dem Küchentisch hinterlassen – „Komme erst spät nach Hause, nach Mitternacht, warte nicht. H." oder „Bin bis Donnerstag auf Dienstreise, Küsschen". Ilse Bähnert drohte nach vorn in den Wäscheberg zu fallen, aus dem sie das Bild gezogen hatte. Sie rang nach Atemluft wie ein Karpfen in der Schlachtschüssel und umklammerte den schwarzen Holzrahmen, als würde sie ihn auf der Stelle und mit aller Kraft erwürgen wollen.

„Herbert", kam es fast tonlos krächzend aus ihrem Hals. Sie lachte bitter: „Von wegen: Feuerwehreinsatz bei den Weltfestspielen! Jetzt dämmert mir ooch, warum Dirs da so gefallen hat – bis zuletzt haste dadorvon geschwärmt! Du gemeiner Schuft! Du – Ehebrecher!"

Sie schluchzte laut auf. Tränen stiegen in ihre Augen. Das salzige Rinnsal floss über die bleichen Wangen und über die zitternden Lippen auf das sommerliche Kleid, und einige Tränen tropften in die Unterwäsche jener Frau, mit der Ilses geliebter Herbert vor vier Jahrzehnten nicht nur ein hochsommerliches Techtelmechtel angefangen, sondern allem Anschein nach auch einen unehelichen Sohn gezeugt hatte: Ingo Schmarge.

In ihrer ohnmächtigen, verzweifelten Wut versuchte Ilse Bähnert, das Bild aus dem Rahmen zu lösen. Dabei fiel ein dünnes Papiertütchen herunter, kaum größer als eine plattgedrückte Zigarettenschachtel. Es war zwischen dem Bild Herberts und der Rückenpappe des Rahmens versteckt. Frau Bähnert fehlte die seelische Kraft, hineinzuschauen. Beschriftet war das winzige Päckchen mit der Bezeichnung:

Eine Locke von H.

Sie steckte das kleine Fundstück in ihre Handtasche. Das eigentliche Foto Herberts war im Laufe der Jahre am Schutzglas des Rahmens festgeklebt und ließ sich nicht aus dem Rahmen lösen. Ilse besann sich und legte ihn mit dem Foto zurück auf den Kleiderberg ihrer Nebenbuhlerin.

Mit verschleiertem, verwässertem Blick, weil die Tränen weiter in Strömen flossen, ging Frau Bähnert zurück in ihre Kabine. Die Tür der Schmarges ließ sie ins Schloss fallen. Wie ohnmächtig fiel die alte Dame auf ihr breites Doppelbett. Die Matratze schnaufte leise. Durch das Panoramafenster schien die Vormittagssonne, und die niedrigen Wellen der Elbe reflektierten die Lichtstrahlen an die Zimmerdecke. Von all der Idylle bekam Frau Bähnert nichts mit. Sie vergrub ihr Gesicht in den Federkissen und ließ den Schmerz herausfließen.

„Nee, Herbert! Warum hast Du mir das angetan“, barmte Ilse: „Wir haben nie Kinder gekriegt. Aber an mir kanns ja nich gelegen haben! Ich war ja die Frau!“

Frau Bähnert heulte weiter. In ihre Klagelaute hinein drang durch die Knäckebrotwand hindurch ein unbändiges, fast schon bedrohliches Schnarchen. Fast schien der Verursacher zu kollabieren oder, je nach Atemzug, zu explodieren. Er schnalzte unflätig mit der schlaffen Zunge und stockte mit dem Atem, dass einem himmelangst werden konnte. Auch Ilse entging nach einer Weile der kehlige Krach aus der Nachbarkabine nicht. Sie schnäuzte sich in ihr Taschentuch.

„Na, mit dem Gesäge hätte der bei keener Plattenfirma sein

Fuß in de Türe gekriegt", sagte Frau Bähnert gegen die Wand. „Dor große Bobby Silber – schnarcht wie zehn besoffne Russen zusammen! Forschdbar!"

Sie rappelte sich hoch, vermied es aber, an die Wand zu klopfen, um ihr Idol nicht zu stören und um ihm den nötigen Schönheitsschlaf vor dem Showauftritt zu gönnen. Stattdessen zog sie die Schublade ihres Nachtschranks auf und holte sich eine frische Pappschachtel Ohropax heraus.

„Ach, das ist echter Luxus für die Lauscher", sagte Frau Bähnert, nachdem sie die hochwirksamen Wachskügelchen tief in den Gehörgang gepresst hatte. „Ich brauche jetzt Schlaf, viel Schlaf. Dor Appetit ist mir jedenfalls gründlich vergangen, und diese alte, verdorbene Vettel aus Berlin, die soll mir ja nicht wieder unter die Augen kommen! Ich könnte die um… – na ja, de Jüngste is die ooch nich mehr. Weeß beim besten Willen nicht, was dor Herbert an der gefunden hat, an diesem Fass!"

KAPITEL 4

Mord an Bord

Frau Bähnert legte sich mit zitternder Hand eine Beruhigungstablette auf die ausgestreckte Zunge, spülte sie wie immer und entgegen allen ärztlichen Ratschlägen mit einem Schlückchen Goldkrone die Kehle hinunter. Dann entschlummerte die Witwe in einen vierstündigen, fast komatösen Schlaf.

So hörte sie nicht den plötzlichen Tumult auf dem Gang, nicht das Getrampel der schweren Polizeischuhe, nicht das zackige Bellen und laute Knurren der Hunde, nicht die schneidende Stimme des Einsatzleiters, nicht die Megafon-Kommandos des Kapitäns an seine Crewmitglieder. Erst als Frau Bähnerts Tür mit einem urgewaltigen Donnern und splitterndem Krachen eingetreten wurde und vier schwerstbewaffnete Mitglieder des Sondereinsatzkommandos in ihren schwarzen grobleinenen Anzügen und mit den übers Gesicht gezogenen Masken vor das Bett der alten Dame stampften, da spürte sie, dass irgendetwas Dramatisches passiert sein musste.

Sie öffnete mühsam die schweren Lider, als wären sie mit Haftkleber an den Augäpfeln befestigt. Verschwommen, wie durch eine Brille mit falscher Dioptrienzahl, nahm sie die Männer wahr. Sie hielten kurzläufige Maschinengewehre im Anschlag. Den Griff nach ihrer Parabellum-Pistole unterm Kopfkissen ersparte sie sich. Die Lage der alten Dame war aussichtslos.

„*Dobrýden!* Guten Tag! Bähnert, Ilse? Sie sind festgenommen!“, brüllte ein eintretender Kommissar mit tschechischem Akzent. „Sie stehen unter dringendem Verdacht, die Schmarge getötet zu haben.“

Darauf schritt der vierschrötige Kriminalbeamte zwischen dem angsteinflößenden Räumkommando hindurch, bis an die Bettkante und legte der völlig perplexen Rentnerin kalte, metallisch glänzende Handschellen um die Gelenke.

Klick! Klack!

Zwei Polizisten hoben die Seniorin aus dem Schlafgemach, stellten sie mit groben Griffen auf die Beine und schoben sie in Richtung des Ausgangs.

„*Honem!* Schnell! Abführen! Vernehmen!", befahl der Herr von der böhmischen Kripo. „Spuren sichern! Kabine versiegeln!"

Frau Bähnert glaubte, in einen bizarren Albtraum geraten zu sein. Doch sie erwachte nicht. Denn munterer als jetzt konnte sie nicht werden. Das Metall der Schellen rieb an den dünnen Handgelenken und automatisch lief sie gebückt, weil die Arme vorn zusammengebunden waren.

Links und rechts des Kabinenganges öffneten sich die Türen einen dünnen Spalt. Verängstigte Augenpaare linsten nach dem, was draußen passierte. Keiner wagte es, die Tür ganz zu öffnen oder gar eine Frage nach dem Grund des Tohuwabohus zu stellen.

Das Foyer des Kreuzfahrtschiffes, durch das Ilse vor wenigen Stunden wie in einem Märchenfilm gewandelt war, wirkte jetzt wie eine bunte Hölle, aus der sie so schnell es ging verschwinden wollte. Aber es war unmöglich, weil sie von hinten die kräftigen Pranken des tschechischen Polizeibeamten festhielten. Frau Bähnert versuchte sich loszureißen.

„Hörn Sie mal, Sie behandeln mich ja wie eene Schwerverbrecherin!", versuchte Frau Bähnert mit kräftiger Stimme zu sagen. Doch es klang nur wie ein schwaches Ausatmen: „Ich möchte sofort een Anwalt haben! Der steht mir zu!"

Der Kripokommissar, der sich nicht vorgestellt hatte und mit seinen ungekämmten, leicht fettenden schwarzgrauen Haaren, der speckigen Lederjacke und der dicken Hornbrille wie ein Überbleibsel aus den fünfziger Jahren wirkte, antwortete erst nach einer langen Pause.

„*Zticha!* Ganz ruhig! Sie können telefonieren gleich", sagt der Kommissar. „Wir führen Vernehmung an Bord durch! Ich habe soeben befohlen: Verlassen keiner Schiff, bis Mörder gefunden! Da wir uns auf Staatsterritorium von Tschechische Republik befinden, leiten ich Ermittlungen!“

Der beleibte böhmische Kommissar mit den Pranken schob Frau Bähnert jetzt eine schmale Stahltreppe hinauf zum Sonnendeck. Die Sonne war bereits über ihren Zenit gewandert, schien dennoch kräftig und warm auf den grün lackierten Stahlboden. Am Swimmingpool, der in das Freideck eingelassen war, standen ein Dutzend Männer und Frauen in weißen Overalls, mit weißlich gelben Gummihandschuhen, Pinseln, Lupen, Pinzetten und Plastebeuteln in der Hand und suchten den Beckenrand ab.

Im Vorbeigehen konnte Ilse Bähnert einen Blick auf die Wasserfläche des Bassins erhaschen, der ihr den Atem nahm. Sie sah den dicken Leib Frau Schmarges, wie er kreiselnd im Wasser trieb. Arme und Beine spreizten sich ab, bäuchlings waberte ihr lebloser, in einen knallroten Badeanzug gepresster Körper auf dem bläulich schimmernden, üppig gechlorten Nass.

Die aufgeweichten Leichenfinger der rechten Hand umklammerten das Bein eines aufgeblasenen giftgrünen Froschs, dessen aufgemalte Augen weit aufgerissen waren und der breit und frech grinste. Ganz unten auf dem Kachelboden des etwa zehn Meter mal fünf Meter großen Beckens lag ein Reisebügeleisen. Als sie das Gerät erblickte, würgte es Frau Bähnert, und sie übergab sich fast. Der Kriminalkommissar schien ihre Reaktion zu bemerken und sagte mit kalter Stimme, die auch durch den weichen böhmischen Akzent nicht herzlicher klang:

„*Babička!* Großmütterchen! Wir haben Ihre Fingerabdrücke in Kabine von Frau Schmarge gefunden! Es sieht nicht gut aus für Sie, Frau Bähnertová!“

„Aha – und woher ham Sie denn so schnell meine Fingerabdrücke?“, fragte Ilse wie aus der Pistole geschossen. „Die müssen Sie doch mal irgendwo offgenommen ham!“

„Ganz einfach! Bei Beantragung von neuem Reisepass und von neuem Personalausweis vor zwei Monaten in Deutschland. Stichwort: Biometrischer Reisepass! Da haben Sie eingewilligt und Fingerabdrücke elektronisch scannen lassen!", antwortete der Kommissar trocken. „Datenabgleich mit Deutschland hat stattgefunden. Wir kooperieren mit unseren Kollegen aus Sachsen sehr gut!"

„Saddam und Gomulka! Im guten Glauben an die Gerechtigkeit dor Welt habsch meine Flossenabdrücke dor Behörde gegeben!", rief Frau Bähnert grantig: „Ich hätte off de Traudel hörn solln! Die hat ihre Fingerabdrücke nich rausgerückt! Und das mor dadormit gleich eenes Mordes überführt werden soll! Een eenzscher Daten-Skandal!"

„Žádný důvod k panice! Keine Panik! Beruhigen Sie sich wieder", sagte der Kommissar: „Sie werden noch alle Gelegenheit der Welt haben, sich zu schweren Vorwürfen zu äußern. Dort hinein!"

Vorbei an den böhmischen Beamten der Spurensicherung, war Ilse Bähnert bis zu einem kleinen Aufbau auf dem Sonnendeck geschoben worden, wo üblicherweise die Sonnenliegen und Klappstühle verstaut wurden. Der kahle, weiß gestrichene Raum besaß einige schmale, vergitterte Fenster, durch die gesiebtes Licht fiel und entsprechende expressionistische Schatten an die Wände warf. Ein einfacher Tisch war darin aufgebaut, mit einer braunen Sprelacart-Platte in Holzoptik. Vier Stahlrohrstühle mit ockerfarbener Kunststoffpolsterung standen unaufgeräumt herum.

„Prosím! Bitte! Nehmen Platz! Machen Sie Angaben zu Ihrer Person: Name, Alter, Adresse von Wohnung!", verlangte der Kommissar barsch.

„Ich sage Ihnen gor nischt! Sie reißen mich aus dem Schlaf, behandeln mich wie eene schwerkrimenelle Mafiabraut! Sie glohm doch nicht im Ernst, dass ich eenem lebendschen Menschen..." Frau Bähnert biss sich auf die Zunge, versuchte zu schweigen und ergänzte einsilbig: „Ich verlange eenen ordnungsgemäßen Rechtsbeistand!“

Der Kommissar schaute angespannt und gab seinem dürren Kollegen einen Wink. Der zog daraufhin ein klobiges Handy aus seiner Uniformtasche und legte es auf den sonst leeren Tisch.

„Bitteschön“, sagte der Kommissar: „Sie können jetzt Person Ihres Vertrauens anrufen! Vergessen Sie nicht Vorwahl nach Deutschland!“

Frau Bähnert wurde blümerant. Sie kannte allerhand Leute in ihrer Straße und im Wohngebiet – den Bäcker, den Fleischer, den Frisör natürlich, auch den neuen Besitzer vom Café Toscana am Blauen Wunder. Nur aus der Welt der Jurisprudenz und der Rechtsverdreher fiel ihr kein Bekannter ein. Dennoch ereilte sie in der Not ein hilfreicher Gedanke, eine vielleicht rettende Idee.

Sie wollte das Handtelefon nehmen, merkte aber, dass es mit den Handschellen nicht ging. Wieder gab der Kommissar seinem Kollegen einen Wink, der daraufhin die eisernen Fesseln löste. Frau Bähnert bedankte sich, schüttelte ihre Arme locker und rieb sich die Gelenke, an denen bereits rote Striemen entstanden waren. Sie ergriff das Telefon und wählte eine Nummer, legte das dunkelblaue Handy ans Ohr und wartete hoffend und bangend, dass einer ran ging. Nach unendlich langen dreißig Sekunden hob auf der Gegenseite jemand ab.

„Kommissar Strietzel, Sie wünschen bitte“, brummte es verschlafen aus dem Hörer.

„Bähnert! Ilse Bähnert! Herr Strietzel, ich brauch ihre Hülfe“, sagte sie hastig und ohne Luft zu holen: „Ich sitze diesmal wörklich richtsch in dor Klemme! Im Ausland! Mein lieber Manfred, holen Sie mich hier raus. Ihre tschechischen Kollegen wollen mir – eenen Mord unterjubeln!“

Die markante, tiefe Stimme, die daraufhin aus dem winzigen Telefonlautsprecher drang, war auch für die Umstehenden deutlich zu hören.

„Mal ganz langsam, Frau Bähnert!", sagte Strietzel: „Sie haben mich justament gerade aus meinem Nachmittagsschläfchen gerissen! Ich habe eine Woche frei, wissen Sie! Überstunden abbummeln! Urlaub! Auf der Datsche in Bad Schandau!"

„Sie müssen sofort kommen und die Sache offklären. Man behandelt mich wie eene Schwerstverbrecherin!"

„Also, wer behandelt Sie ... wo ... wie, also: einen Mord will man Ihnen in die Schuhe schieben?" Strietzel machte eine Pause. Er schien langsam seine Gedanken zu ordnen und zu überlegen, wie er reagieren sollte. Dann fuhr er fort.

„Gut, Frau Bähnert! Wo sind Sie? Ich komme!"

„Off dor *MS Richard Wagner!*"

„Auf wem? Was für ein Wagen?"

„Wagner, Richard Wagner, das Kreuzfahrtschiff!"

„Um Gottes Willen! Auch noch auf dem Wasser!"

„Ja, off dor Elbe, kurz hinter Schöna. Das Schiff legt nicht an, weil erst dor Täter gefunden werden muss. Helfen Sie mir, sonst wandere ich hier noch in den Kahn bein Tschechen!"

Der böhmische Kriminalkommissar hörte aufmerksam zu und hob streng den Kopf. Er blickte Frau Bähnert fragend an, dann forderte er das Handy zurück.

„*Pozor!* Vorsicht! Gefängnisse entsprechen internationalen Standards! Keine Unterstellungen, *prosím!*"

„Dor Standard ist mir egal", sagte Ilse Bähnert trotzig: „Aber jedem Knast off dor Welt würde ich meine eigene Hornzsche vorziehn! Ich bin keene Mörderin! Das Missverständnis wird sich jeden Moment offklärn!"

Nach dem Telefonat wirkte die Dame etwas gelassener. Sie nutzte die Gelegenheit und strich sich mit der nicht mehr arretierten Hand durchs Haar, um die zerzauste Frisur wenigstens ein klein wenig zu ordnen.

„Wissen Sie, Herr Strietzel ist ein alter Bekannter von mir", gab

Frau Bähnert bekannt: „Von dor Kriminalpolizei in Sachsen!" Der tschechische Kriminalkommissar trommelte nervös auf den Tisch. Es schien ihm unangenehm, dass ein Kripobeamter aus dem Nachbarland von der Verdächtigen um Hilfe gebeten worden war. Zwar kannte er einen Kommissar Strietzel nicht. Doch der Tscheche ahnte und fürchtete, dass es zu Kompetenzgerangel kommen würde.

„So, so! Ein Kollega aus Sachsen soll Ihnen beistehen?", sagte er spöttelnd: „Glauben Sie ja nicht, dass Sie Polizei gegeneinander ausspielen können! Seien froh, dass Kollega … wie war Name?"

„Strietzel, Manfred Strietzel – aus Dresden!"

„Also, bedenken Sie, dass Ihr Strietzel Urlaub haben – und er als Privatmann helfen."

„Die Angelegenheit wird sich ganz schnell offklärn! Ich habe nüscht zu fürchten!", sagte Frau Bähnert und trommelte ebenfalls mit den Fingern auf der Sprelacart-Platte, um den Kommissar nach und nach aus dem Takt zu bringen.

„Wie heeßen Sie denn eigentlich? Ham sich ja noch nichemal vorgestellt!", zischte Frau Bähnert in die gespannte Atmosphäre hinein.

„Karel Hrdlažić."

„Gesundheit!", sagte Frau Bähnert.

„Děkuji! Dankeschön! Aber das ist mein Name: *Hrdlažić!"*

„Also, wenn es nicht besser wird, sollten Se mal zum Doktor gehen!"

„Pardon! Verzeihung! Was haben Sie da eigentlich in Ihren Ohren?", fragte der Kommissar.

„In meenen Lauschern? Ach, das hätte ich beinahe vergessen", sagte Ilse: „Meene treuen Ohropax!".

Sie holte flink die Stöpsel heraus und stellte fest, dass die bedrückende Stille um sie herum von den Zäpfchen im Gehörgang hergerührt hatte.

„Vielen Dank, Herr – äh?“

„Hrdlažić“

„Wohlsein!“

Der Kommissar winkte verzweifelt ab. Er schaute seinen Kollegen an und beide nickten sich einvernehmlich zu.

„Poslouchej! Hören Sie! Wir lassen Sie alleine“, sagte der Kommissar, während der andere Polizist Frau Bähnerts Fessel mit einer Schelle am Stuhlrohr festklickte.

„Keene Eile! Ich habe die Zeit!“, sagte Frau Bähnert bewusst lässig: „Mein Strietzel muss ja jeden Moment kommen!“

„Wir machen jetzt Pause!“, brummte der Kommissar. Er erhob sich von seinem Platz, strich dabei kreisend über seine Bauchwölbung und schaute zu seinem Polizeikollegen: „Ich habe einen großen Durst, Honza.“

„No, Karel, mě taky, ich auch. Ob wir an Bord unser gutes böhmisches Pivo bekommen?“, fragte sein Begleiter skeptisch.

„Man weiß nie, Kollega! Ich habe immer zwei Flaschen in meiner Aktentasche dabei. Hier, hör mal, Honza, leises Klirren!“, raunte der Kommissar seinem Polizisten zu, hob dabei die abgegriffene Ledertasche an dessen Ohr und schwenkte sie sachte hin und her.

„No, Karel, erkenne ich schon am Klang: Budweiser Budvar“, antwortete der kleine, bierbäuchige Beamte und rieb sich beim Verlassen des Vernehmungsraumes genüsslich die Hände.

Die Witwe aus Dresden blieb allein zurück, angekettet an den Stuhl. Ihr schossen die Gedanken im Kopf herum wie Maiskörner in der heißen Pfanne.

„Was geht hier vor?“, grübelte sie: „Wer treibt da een Spielchen mit ihr? Herbert hat mich betrogen! Und das Balg mit eener Geliebten gezeugt! Und ausgerechnet diese Alte aus dor Vergangenheit bezieht eene Kabine mir gegenüber! Und vor dor ersten Nacht an Bord treibt diese Konkubine mausetot im

Pool! Erschlagen mit eenem Bügeleisen, nach dem ich gesucht – es aber nicht gefunden habe! Und dann dieser eigenartig feixende Schwimmfrosch!“

Ilse Bähnert rüttelte mit ihrem Ärmchen am Stuhl. Doch die Handschelle war so ins Rohr eingehängt, dass sie bei der Flucht das Sitzmöbel hinter sich hätte herziehen müssen. Wohl oder übel blieb ihr nur, sich in stiller Geduld zu üben.

Von draußen drangen die Worte des Kapitäns herein, verstärkt durch die Bordlautsprecheranlage.

„Meine sehr verehrten Damen und Herren! Liebe Kreuzfahrt-Passagiere! Sie haben es sicher bemerkt, dass es an Bord zu einem tragischen und außerordentlich bedauerlichen Vorfall gekommen ist! Die hiesige Polizei hat die gründlichen Ermittlungen aufgenommen. Aufgrund der besonderen Lage und der speziellen Situation bin ich als Kapitän polizeibehördlich verpflichtet worden, unser Schiff zu ankern. Keiner der Passagiere darf vorerst von Bord gehen. Gleiches gilt für alle Crewmitglieder. Die ärztliche Versorgung wird, wenn nötig, über einen Mediziner der böhmischen Polizei vorgenommen. Proviant ist ausrcichend an Bord!“

Der Kapitän unterbrach seine Rede kurz, räusperte sich und legte für den Rest der Ansprache einen heiteren Ton an den Tag:

„Wir haben uns hier auf der *MS Richard Wagner* dennoch entschlossen, das Bordunterhaltungsprogramm – trotz des tragischen Vorfalls – nicht abzusagen. Nach dem Abenddinner freut sich unser Stargast auf Sie: Bobby Silber, live im Salon *Tristan*. Um 20 Uhr geht es los! Ich denke, wir alle haben etwas Ablenkung verdient!“

Ein eher lauer, zurückhaltender Applaus folgte auf die Rede. Auf dem Sonnendeck saßen bereits wieder einige Passagiere. Die polizeiliche Spurensicherung am Pool war abgeschlossen. Über die Lautsprecheranlage erklang Musik. Frau Bähnert erkannte das Lied sofort.

„Lass uns wie die Möwen übers Meer. Das war 1975 dor Schlagor dor Saison bei uns in dor Republik. Was hat mich mein Herbert da über de Tanzdiele geschwungen!“, sagte Frau Bähnert und kämpfte mit den Tränen, verbiss sie sich aber tapfer und suchte auf dem Fußboden nach Halt und Orientierung: „Herbert – du gemeines Biest! Warum hast Du mir das angetan?“

Trotz der kurzweiligen Schlagermelodien schien die Zeit in dem Verschlag auf dem Sonnendeck wie angestemmt zu sein. Das Ziffernblatt ihrer Armbanduhr konnte Frau Bähnert nur unter Schmerzen zu Gesicht bekommen. Wieder waren lediglich zehn Minuten vergangen seit dem letzten Nachschauen.

„Wo bleibt denn nur dor Strietzel!“, wimmerte Ilse leise: „Von Bad Schandau bis hierher kann der doch keene Ewigkeit brauchen. Der muss die Sache endlich offklärn!“

Irgendwo am Ufer läutete eine Kirchenglocke. Der Wind wehte ihren metallenen Schlag herüber bis zum Schiff. Der Dampfer war wenige Meter vom Flussstrand entfernt vor Anker gegangen. Ein Polizeiboot hatte an der Backbordseite festgemacht. Über eine Strickleiter waren das Spezialkommando, ein Notarztteam und die anderen Einsatzkräfte an Deck geklettert, nachdem der Kapitän den Notruf abgesendet hatte. Auf den Wiesen links und rechts der Elbe standen hier und da Spaziergänger oder Radfahrer und versuchten mit bloßem Auge oder mit einem Feldstecher zu erhaschen, was auf dem wuchtigen Flusskreuzer vor sich ging. Zu erkennen war nichts oder kaum etwas. Den Pool, wo das Verbrechen augenscheinlich geschehen war, hatten die Polizisten mit einer dunkelgrauen Kunststoffplane verhängt, um die Leiche Frau Schmarges unbeobachtet bergen zu können. Nur die Fetzen der Schlager, die an Bord gespielt wurden, zogen mit dem Wind bis an die Ohren der Schaulustigen: *Wo Du bist, will ich sein,* sang Bobby Silber gerade besonders einfühlsam von einer Platte aus dem Jahr 1981.

KAPITEL 5
Unter schwerem Verdacht

„Was machen Sie denn für Sachen, Frau Bähnert?"

Der schmerbäuchige sächsische Kommissar mit dem gemütlichen Schnauzbart trat keuchend in das Kabuff auf dem Sonnendeck ein, begleitet von den beiden böhmischen Beamten, von Kommissar Karel und von dem Gemeindepolizisten Honza.

„Man kann Sie wohl keinen Augenblick aus dem Auge lassen", brummte der untersetzte Strietzel: „Da denkt unsereins nichts Böses, beginnt seinen hart verdienten Urlaub, versucht sich im Wochenendhaus zu entspannen..."

Frau Bähnert fiel dem Eintretenden ins Wort.

„Nu schweigen Se schon stille, Manfred!", rief sie ernst. „Ich weeß selber, dass ich in eener unerfreulichen Lage bin. Sonst hätte ich Sie wohl kaum aus Ihrer Hängematte rauskomplimentiert! Die beeden Herren hier wolln mich wegen Mordes vor den Kadi zerren! Mord! Ich – eene Kapitalverbrecherin!"

Die kleine Frau echauffierte sich, hob die Stimme, wollte mit dem Zeigefinger dabei in die Luft stechen, doch die Kette der Handschelle hinderte sie daran. Strietzel legte seine Hand auf die Schulter der Rentnerin. Er kannte sie seit Kindheitstagen. Die Strietzels wohnten einmal im gleichen Haus mit den Bähnerts.

„Es wird sich schon eine Lösung finden. Vielleicht!", murmelte Strietzel.

Er ließ sich neben ihr auf dem Stuhl nieder. Die beiden Polizisten aus Böhmen rochen nach Pilsener Bier. Sie hockten sich ebenfalls an den Tisch, den beiden gegenüber.

„Frau Bähnert, haben Sie in den vergangenen Stunden schon etwas gegessen und getrunken?", fragte Strietzel besorgt.

„Glohm Se mir, ich kriege jetzt keenen Bissen runter. Aber eene Flasche stilles Wasser und e Tässel Bohnenkaffee, das wäre schon sehr gütsch von Ihnen!", antwortete sie: „Und vielleicht könnten mir ooch de Ketten wieder abgenommen werden, mir falln gleich de Flossen ab! Dankeschön!"

Kommissar Karel zog aus seiner Brusttasche den Schlüssel und übergab ihn Honza, der nach einigen Fehlversuchen den winzigen Schlitz im Schloss fand, zweimal drehte und den Handschellenverschluss aufspringen ließ.

„Eene Wohltat ist das“, sagte Frau Bähnert erleichtert.

„Babičky Bähnertová! Ich hole Kaffee“, sagte der böhmische Kommissar und erhob sich wieder, um den engen Raum zu verlassen. An seinen Kollegen gewandt fragte er: *„Dáš si pivko?* Noch ein Bier, Honza?“

Honza nickte mit einem Selbstverständnis, dass der sächsische Kommissar fast neidisch wurde. Zu gern hätte Manfred Strietzel auch ein alkoholisches Hopfengetränk probiert. Schließlich rückte der Abend heran. Doch er wollte seinem Grundsatz treu bleiben und erst nach Sonnenuntergang mit dem Trinken anfangen. Er senkte den Kopf, holte tief Luft und blickte mit Totengräbermine auf die alte Dame.

„So, Frau Bähnert. Es sieht nicht gut aus für Sie! Die Beweislast ist erdrückend!“, sagt Manfred Strietzel mit kurzen, abgehackten Worten. Dann drehte er sich blitzschnell nach der Tür um und rief, bevor sie ins Schloss fiel: „Ach, Kollege Karel, bringen Sie mir vielleicht doch mal bitte ein Bier mit. Sie haben doch einen Kasten auf ihrem Polizeiboot, wenn ich das mit halbem Auge richtig gesehen habe!“

„Samozřejmě! Ja, natürlich! Wird gemacht!“, bestätigte der Böhme die Bestellung.

„Nu, was höre ich da?“, wunderte sich Frau Bähnert: „Ich habe Sie ganz anders in Erinnerung, mein lieber Strietzel! Waren Sie nicht immer besonders streng gegen jeglichen Alkoholkonsum während der Dienstzeit eingestellt?“

„Ich habe Urlaub, falls Sie das vergessen haben, Frau Bähnert“, sagte er trocken: „Ich bin ein freier Mann und kann trinken, was ich will, wann ich will und wo ich will! Sie sitzen hier in der Bredouille – und nicht ich!“

„Ist ja schon gut! Entschuldschen Se, mir ist es eben nur aufgefallen!", sagte Frau Bähnert kleinlaut: „Übrigens – welche Beweise liegen denn gegen mich vor?"

Kommissar Strietzel lehnte sich zurück, strich mit der rechten Hand den Oberlippenschnauzbart glatt und rieb leise scharrend über sein unrasiertes Urlaubergesicht.

„Kommissar Karel war vorhin so freundlich, mir ein paar Ermittlungsergebnisse zu verraten – quasi unter Kollegen!", sagte Strietzel vertraulich.

Umständlich holte er aus der Innentasche des ausgebeulten Jacketts ein Notizbuch hervor, schlug es auf, suchte mit dem Zeigefinger die richtige Zeile und begann aufzuzählen:

„Überall an der Kabinentür des Opfers, an der Klinke innen und außen, an Schubfächern und Schränken und an einem Bilderrahmen sind Ihre Fingerabdrücke festgestellt worden, meine liebe Frau Bähnert!"

„Ja, ich weeß", gestand die Dame ein: „Ich habe nach eenem Bügeleisen gesucht!"

„Sagen Sie lieber nichts! Ich bin kein Anwalt – aber solche Äußerungen treiben Sie nur noch mehr in die Enge!", warnte Strietzel, der etwas leiser sprach, um den tschechischen Polizisten nicht zu wecken, der auf seinem Stuhl eingenickt war und die stickige Luft wie beim Schnorcheln ein- und ausatmete. Kommissar Karel ließ mit dem Kaffee und mit dem Bier auf sich warten.

„Na, wie soll ich mich denn sonst verteidschen, wenn ich schweigen muss?", fragte Frau Bähnert ratlos und hob hilfesuchend ihre Hände hoch.

„Ich kann Ihnen leider keinen rettenden Rat geben" fuhr Strietzel fort: „Denn es sind nicht nur die Fingerabdrücke!"

„Was denn noch? Da bin ich abor mal sehr gespannt. Hat man Haare von mir gefunden? Die Zähne habsch jedenfalls noch drin – die sitzen nämlich perfekt. Blendadent!"

„Weder ihre Haare noch ihre Zähne sind das Problem, Frau Bähnert. Nein, es ist so: Sie wurden beobachtet! Und zwar, wie Sie in die Kabine eingebrochen sind!", sagte der sächsische Kommissar bedeutungsvoll.

„Ich war ja ooch drinne, Mensch – die Türe war nich zugeriegelt und ich wollte diese Schmargen um een Bügeleisen bitten, weil doch meine weiße Rüschenbluse…", ratterte Ilse Bähnert die Geschehnisse herunter. Der Kommissar unterbrach sie.

„Ich vertraue und glaube Ihnen ja, Frau Bähnert! Aber die ermittelnden Kollegen aus Tschechien gehen nun einmal ganz objektiv vor: Spuren sichern, Fakten deuten, Zeugenaussagen aufnehmen!"

„Und wer bitteschön will mich gesehn ham, wie ich da rein bin, bei dem preußischen Luder?", sagte die Witwe trotzig.

„Solche abschätzigen Bemerkungen sollten Sie bei Ihrer polizeilichen Vernehmung lieber unterlassen!", sagte Strietzel beschwichtigend: „So weit es mir mein Kollege Karel vorhin anvertraut hat: Dieser Schlagerbarde hat Sie beobachtet und dies als Zeuge zu Protokoll gegeben!"

„Was – dor Bobby Silber! Nee, das gibts nich!", rief Frau Bähnert.

„Jedenfalls gibt es eine unterschriebene Zeugenaussage von diesem Herrn … also von Bürger Silber, dass Sie in die Kabine eingedrungen seien und mit einem Bügeleisen sowie mit einem grünen, aufgeblasenen Schwimmfrosch wieder aus der Kabine ausgetreten seien!"

Die Worte des Kommissars waberten wie Unterwassergeräusche in ihr Ohr, es gluckste und rauschte, als würde Frau Bähnert kurz vor einer Ohnmacht stehen.

„Diesor gemeene Hund! Alle seine lausigen Schallplatten hab ich dem abgekooft – jeden Schund hätte der trällern können, nur weil er so einfühlsam gesungen hat …", schluchzte Frau Bähnert auf. Sie nahm sogleich eine würdige Haltung an und schaute ihrem alten Bekannten Strietzel fest in die Augen: „Wenn Sie nicht so treu und ehrlich zu mir wären, Manfredo:

Ich würde heute den Glauben in die Männerwelt verlieren!“

„Na, na, Frau Bähnert! Doch nicht etwa, weil dieser Schlagerstern eine Beobachtung zu Protokoll gegeben hat, die Sie ja sogar vollständig einräumen!“

„Was räume ich ein?“, fragte Frau Bähnert scharf zurück.

„Na, dass Sie in der Kabine drin waren, in der Kabine von Frau Schmarge, das haben Sie doch gerade selber zugegeben!“

„Nu glor, drinne war ich! Ich bin ooch wieder raus. Aber, jetzt hörn Se droff: Ohne een Bügeleisen – und diesen komischen Frosch ohne Maske, den habsch ooch nich in dor Hand gehabt. Den grünen Schwimmring habe ich vorhin das erste Mal gesehn, als ich am Basseng vorbei hierher in die Vernehmungsbuchte abgeführt worden bin, von diesen böhmischen Bluthunden!“

„Mäßigen Sie sich ein wenig, Frau Bähnert! Sie machen es einem mit ihren Unterstellungen und Beleidigungen nicht leicht!“, mahnte der sächsische Kommissar mit seiner ruhigen Bärenstimme.

Gemeindepolizist Honza aus *Hřensko* schreckte in diesem Moment mit einem tierischen Schnalzgeräusch hoch. Frau Bähnert und Strietzel schauten erschrocken, weil es so bedrohlich klang, was da aus der Kehle herausröchelte. Aber der böhmische Uniformierte sank wieder friedlich zurück in seine Schlafhaltung, die Arme über der Brust verschränkt, den Kopf weit nach hinten überhängend. Honza schlummerte weiter. Strietzel fuhr mit seiner Mitteilung fort.

„Das einzige, was für die Polizei noch offen ist“, sagte er und legte eine Kunstpause ein: „Ihr Motiv für einen solchen brutalen Mord! Darauf hat bisher keiner eine Antwort!“

„Sie werden es nicht glohm – abor een Motiv könnte ich spielend leicht liefern!“, prahlte Frau Bähnert: „Diese Person, dieses ungezogene Subjekt … also, diese Frau Schmarge, wissen Sie was die gemacht hat?“

Strietzel, der vor weiteren selbst belastenden Äußerungen

dieser Art gewarnt hatte, gab sich jetzt sichtlich geschlagen, senkte die Augenlider halb und ließ Frau Bähnert reden und reden. Äußerlich ohne jegliche Regung hörte er sich die ganze tragische Geschichte an, von Herbert, dem Ehebrecher, von Ingo, dem offenkundig unehelichen Sohn Herberts – und schließlich: die bittere Entdeckung des uralten Geheimnisses mittels des gerahmten Schwarzweißbildes mit handschriftlicher Widmung. Frau Bähnert hatte sich in Rage geredet und endete theatralisch mit dem Satz: „Abor was mir ooch immer angetan worden ist – hier in dor empfindsamen Seele drinne!“ Ilse Bähnert legte ihre Hand auf die Brust: „Ich würde doch keenen Menschen abmurksen, wegen was ooch immer! Äh … wo bleibt denn eigentlich mein Bohnenkaffee? Dieser Karol oder wie der heeßt, der ist doch jetzt schon eene gute halbe Stunde verschwunden!“

„Ich weiß nicht, wo er abgeblieben ist!“, sagte Strietzel.

Er schien zu grübeln und machte eine bedenkliche Miene. Was er eben gehört hatte, verschlimmerte die Lage seiner betagten Bekannten. Ihre Unschuld stand für ihn fest, so gut kannte er das mitunter lästige, aber doch harmlose Weib aus Dresden. Er suchte nach einer zündenden Idee, die er auf dem Weg zur Bordbar *Isolde* zu finden hoffte. Strietzel erhob sich, die Knochen knirschten leise, aber hörbar.

„Ich werde nach dem Herrn von der tschechischen Polizei schauen!“, brummte er müde: „Ein Bier hatte er mir ja auch versprochen! Und Frau Bähnert: Machen Sie jetzt keine Dummheiten! Warten Sie, bis ich wieder da bin! Ich werde tun, was ich tun kann!“

„Keene Bange“, entgegnete Frau Bähnert: „Ich werde schon nicht gleich türmen – wo soll ich denn ooch hin? Wir befinden uns ja förmlich off eener Insel hier – Alcatraz für Arme, ha, ha! Machen Se schon hin, Kommissar, vielleicht können Sie die Böhmen von meiner Unschuld überzeugen!“

Als Strietzel die Tür öffnete, ließen sich aus dem Schiffsrumpf Musikinstrumente wahrnehmen. Eine E-Gitarre wurde gestimmt, auf einem elektrischen Piano machte jemand Fingerübungen.

„Hörn Se das, Herr Strietzel? Dor Bobby Silber wird gleich seinen großen Offtritt ham. Diesor Spitzel und Vorräter! Aber seine Lieder!“, schwärmte Frau Bähnert und sang den eher unbekannten Titel von einer B-Seite aus dem Jahr 1976: *„Mit Dir allein bis ans Ende der Nacht!“*

Mit dieser Melodie auf den Lippen ließ Strietzel die unter schwerem Mordverdacht stehende Witwe in ihrem Behelfs-Arrest allein, bewacht von einem angetrunkenen, fest schlafenden Ordnungshüter aus Tschechien.

KAPITEL 6

Bobby Silber singt

Bobby Silber saß in seiner Kabine und fror wie ein Hund. Vor ihm auf dem winzigen Wandschreibtisch stand eine geöffnete Flasche Wodka, die er im Kühlschrank der Minibar auf Eistemperatur gebracht hatte. Mit zitternder Hand griff er danach und setzte sie an seine blassen Lippen. Jeder Schluck tat im gut.

„Ich brauche meine Betriebstemperatur“, sagte er und vertilgte den letzten Tropfen aus dem Einlitergefäß.

Er stand auf, rieb sich mit der schweißfeuchten Hand über die dünnen, braungebrannten Ärmchen, aus denen silbriggoldene, drahtige Härchen wuchsen.

„Es ist schlicht und einfach zu kalt in Deutschland“, jammerte er vor sich hin: „Wer oder was hat mich auf die törichte Idee gebracht, diese Kreuzfahrt anzunehmen?“

Er stellte sich diese Frage selbst, während er angetrunken, gelangweilt und mit ein wenig Selbstekel in den Spiegel der kleinen Badnische schaute.

„Ach ja, stimmt – ich brauche die Kohle. So eine Finca unterhältst Du auch nicht mit der deutschen Rente“, antwortete er sich.

Bobby Silber versuchte, mit dem dürren Zeigefinger seine wulstigen Tränensäcke unter den Augen glatt zu ziehen.

„Verdammte Schwerkraft!“

Er angelte sich eine weitere eiskalte Wodkaflasche aus der Minibar und hielt sie für einen Moment an die Augenpartie, um die schlaffe Haut zu straffen.

„Das Alter ist ein Fluch!“, schimpfte er sich an: „Die Stimme wird brüchig wie Zuckerglas. Das Haar macht sich dünne. Aber das Schlimmste ist die schwindende Schönheit! Und dann gehen Dir irgendwann die Fans aus.“

Er drehte das linke Handgelenk, so dass er das Zifferblatt seiner schweren goldenen Uhr erkennen konnte. Es war zehn Minuten vor acht Uhr. Er fürchtete sich, hinauszugehen auf den Gang, die endlosen Meter bis zur Bühne.

Er würde freundlichen Applaus bekommen. Die älteren Damen schenkten ihm immer noch bonbonsüße Blicke. Doch am liebsten hätte er jetzt auf der winzigen Veranda seiner spanischen Finca gesessen, ein paar Kilometer weg von den überlaufenen Urlauberstränden Mallorcas. Er würde an der dritten Flasche Gran Reserva arbeiten und in einen weichen, sommerlichen Rausch sinken. Es klopfte jemand an die Tür. Der Erste Offizier meldete sich zu Wort.

„Herr Silber, gestatten Sie, dass ich Sie zur Bühne begleite. In fünf Minuten beginnt die Show. Der Kapitän möchte vorher gern noch einige Worte an die Passagiere richten", tönte es durch die Knäckebrotkabinentür. Nach einer kurzen Kunstpause fragte er: „Geht es Ihnen gut, Herr Silber? Nach der ganzen Aufregung des Tages?"

Die Bewegungen des Schlagerkünstlers nahmen jetzt routinierte, fast automatische Züge an. Er strich sich eilig seine Hundert-Euro-Antifalten-Gesichtscreme auf die hängende gekühlte Hautpartie unter den Augen. Dann öffnete er sein Hemd so weit, dass ein glitzernder Anker an einem 666er-Goldkettchen zu sehen war, der auf einer Schicht luftig geföhnter und schwarz gefärbter Brusthaare lag. Der Sänger drückte einen halben Zentimeter Pomade aus einer blauen Tube auf die linke Handfläche, strich die hellen Haare nach hinten. Er spritzte aus dem Hugo-Boss-Flacon ein paar Tropfen hinter das linke und das rechte Ohr und meldete sich dann mit der berühmten kräftigen Schlagerstimme zu Wort.

„Ich bin sofort da", sagte Bobby Silber und riss dabei voller gespielten Elans die Tür auf, zog seine Mundwinkel breit und schaute dem Ersten Offizier mit gefletschten Zähnen in die Augen: „Wo bitte geht's zur Front?"

Dem Crewmitglied fiel sofort auf, dass Silber nicht mehr ganz nüchtern war.

„Sind Sie gut gelaunt", fragte der Erste Offizier den Strahlemann.

„Könnte nicht besser sein, Sir!“, rief der Schlagerstar aufgedreht: „Ich freue mich riesig, das müssen Sie mir glauben!“

Als er aus der Kabine heraustrat, stützte sich der Künstler kurz auf der breiten Schulter des Offiziers ab, nahm dann aber schnell aufrechte Haltung an und stolzierte schnurstracks durch den Gang zum Foyer wie ein südeuropäischer Zuchthahn. Bobby Silber öffnete mit einem kurzen Ruck die Tür zum Panoramasalon, angelte sich das Mikrofon, das vereinbarungsgemäß neben der Tür für ihn abgelegt worden war und begrüßte mit überbordender Laune sein Publikum.

„Mein Name ist Robert Silber! Freunde nennen mich Bob, sehr gute Freunde rufen mich Bobby!“ Er beugte sich zu einer etwa siebzigjährigen Dame hinunter, die eine lange Bernsteinkette um den Hals trug und nach Kölnisch Wasser roch: „Sagen Sie Bobby zu mir!“

Die Dame errötete und freute sich wie ein kleines Kind, das vom Vater ein seltenes Lob erhalten hat. Mit seinem berühmten schlaksigen Schritt schlenderte Bobby langsam durch den Gang. Alle Stühle waren besetzt. Das Publikum klatschte rhythmisch und versuchte durchzuhalten, bis Silber die Bühne erreicht hatte. Vorn half ihm der Kapitän über die drei Stufen auf das kleine Podest, an dessen messingverblendeter Kante eine Kette zitronengelber Zwanzig-Watt-Glühbirnen leuchtete. Der Beifall verstärkte sich noch einmal. Der Kapitän begrüßte den Stargast voller Herzlichkeit.

„Es ist mir eine riesige Ehre, Sie, Bobby Silber, hier an Bord der *MS Richard Wagner* begrüßen zu dürfen“, raunte der Schiffsführer in die kleine Gitterkugel des Handmikrofons: „Ihre Auftritte sind in den vergangenen Jahren rar geworden – aber uns waren weder Kosten noch Mühen zu groß, Sie für diese Reise auf der Elbe zu gewinnen! Einen herzlichen Applaus bitte, meine Damen und Herren!“

Das Publikum musste sich nicht lange bitten lassen. Bobby Silber gehörte in dieser Generation zu den großen Namen.

Selbst wer ihn einst nicht gemocht hatte, wegen seiner Westreisen, die er schon in den 70er Jahren machen durfte oder wegen seines pompösen feuerroten Daimlers, den er demonstrativ über Ostberliner oder Leipziger Straßen steuerte – Bobby Silber gehörte zum Leben und zur Jugend der meisten hier dazu wie Radeberger Bier und Rondo-Kaffee. Der Künstler reckte die Arme hoch, dass sein Jackett spannte. Er genoss diesen Augenblick im Rampenlicht wie eine heiße Dusche nach einer durchzechten Kneipennacht. Ohne groß Worte zu verlieren, drehte er sich zu seiner fünfköpfigen Begleitband *Die Memories* um, nickte dem Pianisten zu. Eine Gänsehaut lief ihm bei den ersten Takten über den Rücken. In den vorderen Reihen kullerten Tränen aus den Augen der älteren Damen.

„*Wo Du bist*", sang Bobby Silber, ohne sich auch nur einen Tick in der Tonlage zu vergreifen, „*Wo Du bist, da ist die Sonne, da kann niemals Winter sein. Wo Du bist, da brennt ein Feuer, lass mich niemals mehr allein!*"

Keine Frage: Bobby Silber beherrschte sein musikalisches Handwerk noch! Zwei Lieder später hätte er jeder Dame im Saal eine Waschmaschine oder einen überteuerten Staubsauger verkaufen können. Doch Bobby Silber beließ es bei Liedern und schmalzigen Worten. Eine pummelige, stark geschminkte Frau mit einer großen roten Korallenhalskette kam auf die Bühne geklettert und überreichte Bobby eine weiße Rose, an der ein kleiner Plüschteddybär hing. Der Sänger stockte. Er nahm die Blume, torkelte dabei zur Seite, fing sich noch einmal ab, dann stürzte er nach vorn und schlug lang hin wie ein gefällter Baum im Wald. Das Mikrofon krachte auf die Holzdielen und kullerte vor die Füße der Gäste in der ersten Reihe. Aus den Lautsprechern drang fürchterliches Knacken und Poltern. Damen, die eben noch selig in den Schlager-Träumen schwelgten, hielten vor Schreck die Hand vor den Mund. Ein hochgewachsener Mann mit hellblauem Hemd, Nickelbrille und kahl rasiertem Kopf gab sich als Arzt zu erkennen. Er stürmte zum Bühnenrand und fühlte den Puls des gefallenen Stars.

„Er lebt“, sagte er halblaut zum Kapitän, der hinter ihn getreten war: „Sein Puls schlägt schwach, aber regelmäßig!“

Der Doktor beugte sich etwas tiefer über Bobby Silber, wich aber ruckartig zurück, als sei ihm etwas Übelriechendes in die Nase gefahren. Er zog den Kapitän zu sich herunter und teilte ihm die Diagnose mit.

„Wenn Sie mich fragen – dieser Kerl hier ist sturzbesoffen! Wundert mich, dass der auch nur einen Ton getroffen hat und es überhaupt auf die Bühne geschafft hat!“

„Caramba, Caracho, ein Whiskey!“, lallte Bobby Silber, als er für ein paar Sekunden wieder zu sich kam: „Hätte ich immer selber singen wollen! Wäre mein Hicks … äh … Hit gewesen!“

Kapitän Dahland behielt die Ruhe. Er suchte mit seinen Blicken die Bühne nach dem Pianisten ab, den er am Rand des Vorhangs entdeckt hatte und gab ihm das Zeichen, weiter Musik zu spielen. Während vier kräftige Crewmitglieder den Sänger aus dem Raum schleppten, entschuldigte sich der Schiffsführer bei den konsternierten Passagieren und stellte eine Klärung des „sehr bedauerlichen Vorfalls“ in Aussicht.

Er wusste, dass die Nerven der meisten Passagiere nach dem Mord angespannt waren wie die Saiten einer Konzertgeige. Doch Kapitän Dahland waren die Hände gebunden. Er musste gute Miene zum bösen Spiel machen. Nach Rücksprache mit der Reederei in Amsterdam hatte er als Schiffsführer die strikte Anweisung bekommen, die Reise nicht auf eigene Initiative abzubrechen, sondern unter allen Umständen programmgemäß fortzuführen und zu einem möglichst guten Ende zu bringen. In diesem Moment tippte ihm der böhmische Beamte auf die Schulter.

„Pane kapitáne! Herr Kapitän! Ist etwas geschehen, wovon ich wissen muss?“, fragte Karel mit schwerer Zunge, die

vom Pilsnergenuss herrührte. „Ich habe gerade ein Dienstbier getrunken, dann ich hörte Tumult!"

„Nein, Kommissar, nichts passiert!", sagte Kapitän Dahland kurz und bündig: „Unser Kulturprogramm wurde unterbrochen wegen einer Unpässlichkeit des Künstlers. Er wird sich aber wieder erholen, so wie es aussieht."

„Ach, dann ist gut", erwiderte der Kommissar: „Ich sehe nach unserer Hauptverdächtigen!"

„Ach, Sie meinen – die Kreuzworträtsel-Queen, die sitzt immer noch da oben – in dem Verschlag?", wunderte sich der Kapitän.

„Machen sich keine Sorgen, *kapitáne!* Mein Kollega Honza passt auf Oma auf! Und ihr Bekannter, deutscher Kollega, *Pane Strudel*, oder so? Der ist auch noch an ihrer Seite!", brummte Karel mit sonorem böhmischem Zungenschlag.

Strietzel betrat gerade den Saal.

„Da sind Sie ja, Kollege Karel", rief er über die Passagiere hinweg in Richtung Bühne: „Ich suche Sie überall! Sie wollten mir ein frisches Pilsener mitbringen!"

„Pardon! Das habe ich ganz verschwitzt", entschuldigte sich Karel.

„Ja, Herrgott noch einmal! Wird denn auf diesem Schiff nur noch gebechert?", mischte sich der Kapitän ein: „Ich habe nichts gegen einen Schluck einzuwenden, aber ich bekomme den Verdacht: Der einzige Nüchterne – das bin ich!"

„Und ich, wenn Sie erlauben!", bemerkte der Erste Offizier aus dem Hintergrund: „Ich mache mir überhaupt nichts aus Alkohol, wie Sie wissen, Herr Kapitän!"

Dahland bestätigte das mit einer Kopfbewegung.

„Ach stimmt – Sie sind ja Mormone!"

Der Erste Offizier nickte zufrieden und blickte die Polizisten herablassend an.

„Aber ein Glas Bier wird doch noch gestattet sein!", verteidigte sich Strietzel, dem die Zunge dabei fast am Gaumen festklebte: „Ich habe Urlaub – und im Urlaub kann ich tun und lassen, was ich will! Bier löscht Männerdurst! Und Mormone bin ich nicht!"

„Kollega Strunzel aus Deutschland gefällt mir", sagte Kommissar Karel und schlug seinem Gegenüber kräftig auf die Schultern, was Strietzel ob der Macht des Hiebs ein wenig in die Knie gehen ließ: „Ihr Sachsen und wir Böhmen sind aus einem Holz geschnitzt – und ein Bier hat noch keinen umgebracht, glauben Sie mir, Kapitän! Bei uns sagt man übrigens: Wo man Bier braut, da lässt sich gut leben."

Kapitän Dahland lächelte.

„Ich möchte doch nur verhindern, dass auf meinem Schiff noch mehr Unglücke geschehen! Wir Seemänner sind abergläubisch! Ein Mord verheißt, wie Sie sich vorstellen können, nichts Gutes!"

Er blickte dabei ernst in die Augen von Karel und Strietzel, die er damit an ihre Aufgabe als Ordnungshüter und Aufklärer erinnern wollte. Die beiden verstanden.

„Sie haben Recht, Kapitän", entschuldigte sich Strietzel als erster: „Das Bier kann ich mir auch für später aufheben – oder Karel?"

„*No,* machen wir Trinkpause – und lassen Sie uns endlich nach verdächtiger Dame schauen! Übrigens, haben Sie Flasche Wasser für uns, Kapitän?", fragte der böhmische Ermittler: „Die alte Frau oben auf Deck muss großen Durst haben!"

„Mit Wasser allein wird sich meine Frau Bähnert nicht zufriedengeben. Eine Tasse Bohnenkaffee ist für sie das Mindeste! Wo bekomme ich das denn?", fragte Strietzel.

Der Kapitän versprach, er werde sich darum kümmern und die gewünschten Getränke in dem improvisierten Vernehmungsraum servieren lassen.

Wie zwei alte Freunde verließen der große und mächtige Karel und der dickliche Strietzel den Panoramasalon und warfen beim Hinausgehen noch einmal einen Blick auf das Veranstaltungsplakat:

Bobby Silber – im Rausch seiner Lieder!

So stand es unter dem Bild des Vollblutmusikers – mit fetten roten Buchstaben auf schneeweißem Papier.

„Na, *im Rausch seiner Leber* – das hätte gepasst viel besser, was Manfred“, scherzte der Tscheche.

„Ich mag diesen Silber nicht – weder nüchtern noch betrunken!“, antwortete Strietzel und schloss die Tür des inzwischen menschenleeren Saals hinter sich ab.

KAPITEL 7

Auf eigene Faust

Mulmig waberte der Applaus aus dem Salon an Ilse Bähnerts Ohr. Sie saß hungrig wie ein Löwe und durstig wie einst ihr Herbert in der schwach beleuchteten Zelle auf dem Sonnendeck und dachte angestrengt nach wie ein Schachgroßmeister beim Endspiel.

„Es muss doch een Weg geben, hier rauszukommen und den Fall selber zu knacken!“, sagte die unerschrockene Witwe flüsternd, um den schlafenden Bewacher nicht zu wecken. Der böhmische Beamte hatte sich mittlerweile in eine wilde Schnarcherei hineingesteigert, die das dünne Fensterglas vibrieren ließ. Unten im Salon begann das Konzert mit Bobby Silber. Frau Bähnert hörte, wie der Sänger sein erstes Lied anstimmte.

„Wo Du bist, da ist die Sonne, da kann niemals Winter sein. Wo Du bist, da brennt ein Feuer, lass mich niemals mehr allein!“

Ilse kannte jedes Wort. Sie sang, nur die Lippen bewegend, die Strophen und den Refrain mit. Die Begleitmusik ihrer schönsten Jahre brachte sie gehörig aus dem Konzept. Sie verlor den roten Faden, den sie gerade spann, um ihrer misslichen Lage zu entkommen. Wie Sirenengesang vernebelte Bobby Silber ihren Geist. Die Lieder zogen sie tief zurück in die Zeit, als sie fest glaubte, Herbert liebte nur sie allein – und neben ihr nur den Schnaps und das Bier.

„Dadormit habe ich immer leben können“, murmelte Ilse Bähnert: „Aber wenn ich von eener Mätresse gewusst hätte, wenn ich da nur een eenzigen Hinweis bemerkt hätte – dor Herbert wäre die längste Zeit mein Herbert gewesen!“

Unten sang Bobby Silber seinen Faschingsschlager von 1978: *Ein Mann ist nur ein Mann, wenn er was kann!*

„Fasching in dor Betriebskantine!“ Ilse erinnerte sich plötzlich: „Herrlich – ich bin damals als verruchte Haremsdame gegangen und mein Herbert – als Kapitän zur See. In eener Uniform sah er immer am besten aus. Frisch gebügelte Baumwolle, die silbernen Knöppe dran, dor Kragen gestärkt – ooch, da warn die andern Weiber schon mächtsch neidisch off mich!“

Honza, der böhmische Gemeindepolizist, schreckte hoch, weil er sich beim Schnarchen heftig verschluckt hatte. Ilse Bähnert zuckte zusammen, schaute ängstlich auf das dünne Männchen, dessen Kopf bald wieder nach hinten überfiel. Die Schnarcherei begann, erst verhalten, dann mehr und mehr anschwellend – dazwischen erreichten Frau Bähnert die Gesangsfetzen vom Hauptdeck.

Wenn Worte Blumen wären, schrieb ich für Dich ein Buch aus Rosen!

Abrupt endete das Lied, die Kapelle schlickerte noch ein paar Takte allein dahin. Dann herrschte unten Ruhe. Frau Bähnert glaubte an eine Pause oder an einen kurzen Stromausfall. Sie fand zurück zu sich und zu ihrem Fluchtplan. Das Wort „Rosen“ aus der Liedzeile schwirrte ihr noch im Kopf herum.

„Rosen haben Dornen, Dornen stechen wie eine Nadel“, kombinierte Frau Bähnert, ohne selbst einen Sinn in dieser Assoziationskette zu erkennen: „Nähnadel, Stricknadel, Stecknadel, Haarnadel!“

Sie spürte, dass sie einer Lösung nahe war.

„Haarnadel!“

Blitzschnell griff sie zu ihrem Haarschopf, zog eine der schwarzen, dünnen Stahlklammern heraus, hielt sie gegen das funzelige Lampenlicht über dem Tisch und sagte mit entschlossener Stimme:

„Du bist der Schlüssel zur Freiheit.“

Nur die linke Hand hatte ihr der Polizist am Stuhl festgekettet. Die rechte Hand war frei und beweglich wie die eines Dirigenten. Ihre Haarnadel drehte sie jetzt zwischen Daumen und Zeigefinder hin und her, um sie griffig zu machen. Dann stocherte Frau Bähnert damit in dem kleinen Schlüsselloch der Handschelle herum. Das Metall klapperte und klimperte an dem Stuhlrohr, doch Frau Bähnert wollte jetzt nicht mehr still sein.

Ein kleines Konzert nahm seinen Anfang, denn gegen das klickernde Eisen rumorte der schlafende Polizist an – mit seiner am Gaumen flatternden Zunge sägte und schnarrte er weiter wie ein Waldarbeiter im Akkord. Frau Bähnert gelang es, die Haarnadel zu einem *V* aufzubiegen. Das Ende des stabilen Drahtes steckte sie in die Öffnung für den Schlüssel und bog die Spitze der Haarnadel mittels Hebelwirkung im rechten Winkel um. Dann ertastete sie mit ihrem selbstgebauten Dietrich die Metallfeder im Schloss, drückte dagegen – und die Schelle öffnete sich.

„Ich habe doch nicht umsonst Hunderte Male vor dor Glotze gehockt, *Tatort* geschaut und den Gangstern off de Pfoten geguckt!", prahlte Frau Bähnert vor sich selbst.

Ganz nach alter Gaunermethode zog sie ihren Stuhl mit der Handschelle daran zu Honza, legte ihm nun das Metall ums Gelenk, rastete die Fessel ein und wünschte ihm spöttisch eine gesegnete Nacht.

„Nu kannste weiter ratzen, mei Guter!", sagte sie und strich ihm eine Haartolle aus dem friedlichen Antlitz.

Honza schleckte mit seiner Zunge über seine Lippen und machte ein zufriedenes Gesicht. Er schien sich an eine mütterliche Geste aus Kindertagen zu erinnern. Er fühlte sich geborgen. Frau Bähnert schritt zur Blechtür, hoffte, dass sie keiner abgesperrt hatte und atmete erleichtert auf, als sich die Pforte mit einem fast unhörbaren Quietschen öffnen ließ. Unten aus dem Salon hörte sie die Band spielen – ohne den Gesang Bobby Silbers. Es schien ihr, dass Unruhe aufgekommen war im Saal. Sie huschte im Schatten der Deckaufbauten zur Treppe, hinkte mit ihren eingeschlafenen Beinen hinab zum Hauptdeck und tippelte über den menschenleeren Kabinengang – bis zur Tür von Bobby Silber. Sie drückte die Klinke herunter.

„Hat er offen gelassen, dor Schlagerschlendrian“, amüsierte sich Frau Bähnert: „Na, mir solls recht sein! Meine Buchte ham die Polizisten versiegelt – keen Reinkommen.“

Sie verschwand flink und still wie eine Katze hinter der Tür des Schlagerstars, ließ den Lichtschalter unbetätigt und stolperte. Bobby Silbers Koffer stand nahezu voll bepackt auf dem Boden vorm Bett. Lediglich die Bühnengarderobe hatte er nachlässig aus dem Hartschalengepäckstück herausgezogen.

„Eene Unordnung hier!“, fluchte die Seniorin und suchte sich ein Versteck direkt im Kleiderschrank.

„Na warte, Bobby Silber!“, zischelte sie, als sie die Tür des Schranks von innen verschloss: „Du wirst es noch bereuen, einen treuen Fan wie mich des Mordes zu bezichtigen! Pssst, ich höre was! Ist das Konzert schon zu Ende? Ist doch noch keene halbe Stunde her, dass die angefangenen ham dadormit!“

Vom Flur her waren Schritte und Männerstimmen zu hören. Sie schienen irgendetwas heranzuschleppen, denn sie keuchten und hielten zweimal inne, bevor sie direkt vor Silbers Kabinentür haltmachten. Einer stieß die Tür auf. Er tastete nach dem Schalter und knipste das volle Licht an. Aus ihrem Schrankversteck hörte Frau Bähnert, was die Männer sagten.

„Legt ihn hier aufs Bett. Der ist völlig hinüber!“

„Leicht gesagt, aufs Bett legen – der Kerl wiegt mehr als es den Anschein hat – muss massives Silber in seinen Waden haben, ha ha!“

„Also, Männer – auf Drei!“

Einer zählte – und unter Stöhnen und Prusten wuchteten die Crewmitglieder den Sänger auf sein Doppelbett.

„Und jetzt: Fenster auf, sonst erstickt er noch an seiner eigenen Fahne!“

„Dass das keiner gemerkt hat! Hackedicht, der Vogel!“

„Scheint sich ziemlich an seine Dosis gewöhnt zu haben – unser berühmter Bobby Silber!“

Die drei Herren lachten hämisch, legten dem Sänger die Hände auf dem Bauch über Kreuz, öffneten das Fenster, löschten das Licht und verschwanden polternd aus dem Zimmer.

Frau Bähnert war nun allein mit Silber – in einem Raum. Sie ließ einige Augenblicke verstreichen, dann öffnete sie vorsichtig die Schranktür, kletterte heraus, ging zum Bett und schaute mitleidig auf den sturzbesoffenen Helden ihrer Vergangenheit.

„So een großer Künstler, platt wie eene Flunder! Aber im Rausch sind alle Männer gleich: hilflose Kinder, arme Würstchen, strauchelnde Maikäfer!", stellte die Witwe nüchtern fest: „Wenn dem eener een Feuerzeug vor dor Gusche anzündet, dann fliegen wir hier alle in die Luft! Hochexplosive Mischung! Wodka Gorbatschow!"

Durch das Kabinenfenster schimmerte der abendliche Mond wie ein kugelrunder Lampion, der über der Elbe zwischen den Wolken aufgehängt worden war. Sein Licht spendete ausreichend Helligkeit für Ilse. Sie begann damit, die Kabine nach Indizien zu durchsuchen. Die halb herausgezogene Schublade des kleinen Schreibtischs öffnete sie. Ihr kamen drei ausgetrunkene kleine Cognacflaschen und eine leere Ouzoflasche entgegengekullert.

„Wie kann een eenzscher Mensch allein so viel Durst ham!", wunderte sich Frau Bähnert: „Da erscheinen Lieder wie *Das Blau in Deinen Augen, lässt mich taumeln* – also, die bekommen eenen ganz anderen Sinn, wenn ich mir dasdorhier so ansehe!"

Fast jeden erdenklichen Stauraum in der Kabine hatte Bobby Silber für Leergut genutzt – und das in der vergleichsweise kurzen Zeit zwischen Einchecken und seinem Bühnenauftritt. Frau Bähnert schien immer klarer zu werden, dass die Zeugenaussage eines derart alkoholisierten Menschen keinen Wert besitzen dürfte.

„Der hat doch bereits weiße Mäuse gesehen, als der mich um Ruhe gebeten hat!“

Hinter Frau Bähnerts Rücken rührte sich jemand. Sie drehte sich um und bemerkte, dass Bobby Silber von etwas erzählte – offenbar im Schlaf, die Phantasie angestachelt durch seinen Rausch. Sie beugte sich über das Kabinenbett. Der Sänger lallte und mühte sich angestrengt, ein Wort oder einen Satz hervorzustammeln. Noch angestrengter spitzte Frau Bähnert die Ohren, um die verquollenen Laute und verzerrten Worte zu verstehen, die aus dem Mund ihres ehemaligen Lieblingskünstlers drangen.

„Ja, Bobby, haben Sie keene Furcht“, ermunterte sie die Schnapsleiche: „Ich spüre, dass Sie mir etwas mitteilen wollen! Wer oder was ist aus dor Kabine nebenan rausgekommen? Wen haben Sie gesehen!“

Der betrunkene Barde schien zumindest im Kern die Fragen zu verstehen. Er japste nach Luft und streckte den Arm aus, zeigte mit dem Finger an die Kabinendecke.

„Es muss … es kann … ich habe“, setzte er immer wieder vergeblich an.

Frau Bähnert übte sich in Geduld. Sie ging in die winzige Nasszelle, nahm eines der weißen Bordhandtücher mit dem gestickten Namenzug *MS Richard Wagner* vom Haken, drehte den Hahn am Waschbecken auf, hielt das Frotteetuch unters kalte Wasser, wrang es aus und kehrte damit zurück zu Bobby Silber. Mit dem Tuch wischte sie ihm den Speichel vom Mund und tupfte den Schweiß von der blassbraunen Stirn.

„Erinnern Sie sich bitte mal ganz genau! Wen ham Sie wirklich aus dor Kabine des Mordopfers rausrammeln sehen?“

Das erfrischende Nass tat dem erschöpften Star offenbar gut. Er schluckte ein paar Mal. Der Adamsapfel hüpfte. Bobby öffnete für einen Moment die Augen.

„Ich habe eine alte Frau aus der Kabine…“, sagte er und brach ab, weil er einnickte.

Frau Bähnert rüttelte ihn schnell wieder wach.

„Es gibt eine Menge alter Damen hier an Bord. Wie sah sie aus!“

„Hut, Kleid – und das Bügel … eisen!“, kam es schwach aus Silbers Mund.

„Da haben wir es!“, rief sie lebhaft. „Eine alte Dame mit Hut!“

„Ja, mit einem kleinen grünen Hut! Oder war er – gelb?“, plapperte der Betrunkene dazwischen.

„Ist völlig egal!“, unterbrach ihn Ilse Bähnert. „Ich habe nur einen Hut mit auf die Reise genommen – meinen großen Sonnenhut, den ich sonst nur off dor Pferderennbahn in Dresden-Seidnitz off habe. Und der ist zu breit für den Kabinenflur, den hat mir dor Erste Offizier selbst getragen – als er mich zu meiner Suite begleitet hat!“

In einem lichten Moment erhob sich Bobby Silber kurz von seinem Lager und blickte in die kleinen listigen Augen der Witwe. Dann sank er zurück und pfiff mit schwindenden Kräften:

„Sie waren es nicht! Die Alte, die ich gesehen habe, die war viel größer – als Sie kleine Schachtel!“

Wie ein Spielzeugpüppchen, das mit neuen Batterien ausgestattet wurde, schüttelte Frau Bähnert an Bobbys Körper herum. Sie flehte ihn an, wieder zu sich zu kommen und seine Aussage vor dem Kommissar aus Prag zurückzuziehen oder in ihrem Sinne zu korrigieren.

„Los, Bobby Silber, zeigen Sie dass sie ein Mann sind!“ Ilse Bähnert begann zu singen: *„Ein Mann ist nur ein Mann, wenn er was kann!“*

Silber konnte nur noch schmatzend und röchelnd atmen. Der Alkohol umklammerte jede seiner Zellen fest wie die Würgeschlange ihr Beutetier. Es würde Stunden, wenn nicht

Tage dauern, bis sich dieses abgefüllte Wrack wieder in einem Zustand befand, der eine normale Unterhaltung zuließ.

„Da bleibt mir nur een Ausweg", klärte sich Frau Bähnert selbst auf: „Ich muss selber off Mördersuche gehen – eene große Frau mit Hut! Das ist nicht sehr viel an Hinweisen, aber besser als gor nüscht!"

Aus den Bordlautsprechern knisterte ein Ton heraus. Ein Räuspern erklang. Dann meldete sich Strietzel über den Schiffsfunk.

„Liebe Frau Bähnert! Ihre Flucht ist sinnlos! Sie machen alles nur noch schlimmer! Ich und auch meine böhmischen Kollegen wissen, dass Sie noch an Bord sein müssen – stellen Sie sich auf der Stelle, damit Sie sich nicht noch mehr ins Dickicht der Kriminalität verrennen! Ich habe hier eine Tasse frisch gebrühten Bohnenkaffee stehen. Ich erwarte Sie im Salon Tristan. Ende der Durchsage!"

Wieder ertönten Knacklaute. Es fiepte noch einmal, weil eine Rückkopplung entstanden war. Dann herrschte Stille an Bord, auch in der Kabine von Bobby Silber. Er lag da wie tot, tief versunken in einen mächtigen, unendlich erscheinenden Schlaf. Nur seine auf- und abtauchende Bauchdecke ließ erkennen, dass er noch atmete und folglich lebte. Frau Bähnert starrte mit aufgerissenen Augen an die Wand.

„Was soll ich denn jetzt nur machen?", flüsterte sie hilflos: „Stelle ich mich, dann bin ich für die Polizei eene Hauptverdächtige. Stelle ich mich nicht – bin ich erst recht die Hauptverdächtige!"

Die Situation hatte sich für die Hobby-Detektivin derart zugespitzt, dass es augenblicklich keinen Ausweg mehr zu geben schien – jedenfalls keinen, der sie schnell und unkompliziert vom Verdacht befreite, ein Kapitalverbrechen verübt zu haben. Sie trat ans geöffnete Fenster, wo der Nachtwind die dünne helle Gardine aufbauschte. Die Dame ließ den warmen Sommerhauch über ihr Gesicht streifen, und sie roch den

Fluss, der zugleich Frische und Moder verströmte. Sie hörte das leise Plätschern und das Rauschen der Strömung. Keinen Meter hatte sich das Kreuzfahrtschiff seit dem Nachmittag vorwärts bewegt, nachdem der Mord entdeckt und die Polizei an Bord gekommen war.

„Eenmal im Leben habe ich Glück und gewinne was beim Kreuzworträtsel – und dann bestraft mich das Schicksal mit so nem Schlamassel! Ilse, das hast Du nicht verdient“, sagte sie kraftlos.

Am Ufer blinkten die Lichter der zur Elbe hin gebauten Häuser von *Hřensko*. Das Örtchen kannte Ilse seit ihrer frühen Jugend. Damals hieß es noch Herrnskretschen. Zuletzt war sie im vergangenen Herbst mit Traudel hierher gereist. Nirgends schmeckten die Semmelknödel und das Bier besser als in Böhmen. Darüber waren sich die Freundinnen einig.

„Und dann die Preise! Een Paradies!“, sagte Frau Bähnert sehnsüchtig: „Eigentlich mache ich mir gar nischt aus so eener Kreuzfahrt. Ich säße jetzt gern an Land, ganz still und friedlich, beim Budweiser und eenem doppelten Becherovka!“

Auf die Begriffe „Budweiser“ und „Becherovka“ reagierte Silber mit einem kurzen, heftigen Schnaufen. Er versuchte, die Hand zu heben - wie bei einer Bestellung in der Kneipe.

„Das Leben ist manchmal ungerecht“, kam es Ilse matt über die Lippen: „Aber irgendwo da draußen wird es jemanden geben, der mich rettet.“

Sie zog die Gardine vors Kabinenfenster und setzte sich neben Bobby Silber, der wie ein lebensgroßer Plüschteddy unter seiner Decke schlummerte. Unendlich abgekämpft fühlte sie sich. Am liebsten hätte sie ihre Beine lang gemacht und sich auf der freien Hälfte des Doppelbettes ausgestreckt. Doch sie durfte jetzt keine Sekunde ruhen. Jeden Moment konnte sie entdeckt werden – und noch immer haftete der Mordverdacht an ihr wie Schwefelgeruch. Sie strich mit der Hand über das weiße Laken und grübelte, wie sie die Lösung finden könnte.

KAPITEL 8
Spurlos verschwunden

„Sakra! Verdammt! Wach auf, Honza! Hörst Du!"

Kommissar Karel hatte den Polizeikollegen aus *Hřensko* mit seinen mächtigen Pranken links und rechts an der Uniform gepackt und schüttelte ihn wie einen Sack Getreide. Vor Anstrengung und Ärger leuchtete das große Gesicht des Kommissars rot wie ein Feuermelder.

„Wo ist Verdächtige? Wo ist Bähnertová!", schrie Karel. Er prustete wie nach einem Hundertmetersprint und setzte sich atemlos auf einen der Stahlrohrstühle.

Honza kam nur langsam zur Besinnung, er musste tief und fest wie ein überwinternder Bär geschlafen haben. Einem Kind gleich, das mitternachts aus seinen schönsten Träumen gerissen wird, guckte Honza mit seinen großen dunklen, trüben Augen in die Runde. Er erkannte seinen Vorgesetzten und außerdem den Kommissar aus Deutschland. Der eine saß, der andere stand in dem kleinen Abstellraum.

„Dobré ... ráno?", fragte Honza unsicher.

„Nix Guten Morgen!" Der Kommissar aus Prag winkte resigniert ab und nahm Honza die Handschelle ab, mit der Frau Bähnert den schlafenden Bewacher gefesselt hatte: „Es ist mitten in Nacht! Hauptverdächtige hat sich in Luft aufgelöst!" Mit den kräftigen Fingern massierte sich der böhmische Ermittler das Gesicht munter. „Was machen wir jetzt, *kamaráde* Strietzel?"

Strietzel lehnte gelassen am Türrahmen. Dass Frau Bähnert verschwunden war, schien ihn nicht weiter aus der Ruhe zu bringen. Er verschränkte die Arme über seiner Bauchwulst und atmete lange und kräftig aus. Nach einer Weile des Überlegens schüttelte er ratlos den Kopf. Karel rieb und rubbelte inzwischen mit den Spitzen des Mittel- und Zeigefingers an den Schläfen links und rechts.

„Jo, pomoc! Hilfe! Wie sollen wir Mord aufklären, wenn es nicht einmal gelingt, eine *babičky* unter Kontrolle zu hal-

ten", sagte er und seufzte noch ein bisschen lauter und verzweifelter.

Strietzel schwieg und drückte sich mit dem Rücken von der Wand ab. Er ging langsam zu Karel, legte ihm die Hand auf die Schulter und ruckelte freundschaftlich daran.

„Keine Sorge! Frau Bähnert kann nicht weit sein! Sie hat sich irgendwo versteckt!", brummte der Sachse und fügte mit entschlossener Stimme hinzu: „Ich bin mir zudem ziemlich sicher, dass sie nichts mit dem Mord zu tun hat! Diese Frau traut sich nicht einmal bei Rot über die Straße! Die ist keine Kriminelle!"

„Aber Spuren, Indizien, Aussagen von Zeugen!" Kommissar Karel hob den Kopf und drehte sich zu Strietzel um.

„Meinen Sie die Beobachtung unserer Schnapsdrossel Bobby Silber?", fragte Strietzel mit Häme in der Stimme: „Ich glaube, er sieht mehr als wir beiden Männer zusammen, wenn er was getankt hat! Dinge, die es gar nicht gibt! Und das scheint regelmäßig der Fall zu sein! Wenn ich mir seine Texte so unter die Lupe nehme: *Du bist so flirrend schön wie eine Fata Morgana.* Diesem Silber-Pudel glaube ich gar nichts!"

„Na, mögen recht haben, *starý příteli* Strietzel, alter Freund. Aber was ist mit Fingerabdrücken? Überall in Kabine des Opfers: Spuren von Bähnertová, das lässt sich nicht wegdiskutieren!"

„Da haben Sie vollkommen recht!", antwortete Strietzel und hielt einen Moment inne. Er fuhr fort: „Kann es nicht auch möglich gewesen sein, dass Ihre Verdächtige sich in der Kabine geirrt hat? Sie ist vielleicht versehentlich durch die Tür der Schmarges gegangen, weil diese zufällig offen stand. Die Kabinen ähneln sich doch von außen und innen wie ein Ei dem anderen."

„Und warum greift Sie dann alles mögliche an – Schranktüren, Bilderrahmen und so weiter?"

„Glauben Sie mir!“, sagte Kommissar Strietzel: „Ich kenne Frau Bähnert seit sehr langer Zeit. Sie ist keine Mörderin! Vielleicht hat sie in der Kabine nach irgendetwas gesucht. Fragen Sie Frau Bähnert einfach danach!“

„*Ó, to je skvělé!* Sehr komisch, Herr Strietzel! Das würde ich gern, aber sie ist entwischt!“

Honza, der Bewacher, hob müde seinen Kopf und fühlte sich plötzlich angesprochen. Er taumelte mit dem Haupt hin und her, versuchte mit den braunen Augen einen der beiden Herren zu fixieren. Der tschechische Kommissar schaute ihn fast mitleidig an und hob die Hände, um damit auszudrücken, dass so etwas schon mal passieren könne.

„Wir Böhmen sind ja auch nur Menschen“, raunte der Ermittler aus Prag als Entschuldigung in den Raum. Er versuchte zu lächeln und sagte: „Ich glaube nicht, dass Sie Schiff unbemerkt verlassen kann.“

Strietzel und sein tschechischer Kollege verließen mit hängenden Schultern den Verschlag auf dem Sonnendeck und nahmen Kurs auf die Kapitänsbrücke. Durch das Fensterglas der Kommando- und Steuerzentrale des Kreuzfahrtdampfers leuchtete das grüne und blaue Licht der in Messing gefassten Instrumente. Ein stecknadelkleiner Radarpunkt kreiste wie eine im Einweckglas gefangene Fliege auf dem runden Monitor.

Kapitän Dahland hatte seine gepflegten Hände auf das wuchtige Pult mit den Dutzenden von Knöpfen, Schaltern und Anzeigedisplays aufgestützt und starrte in die dunkle Flusslandschaft. Das hölzerne Steuerrad mit den abgegriffenen Halteknäufen und seinen sieben Speichen rund um die Messingnabe drehte sich einige Millimeter nach rechts und kurz darauf im gleichen Umfang nach links. Kaum merklich schaukelte das verankerte Kreuzfahrtschiff auf dem Fluss. Auch um diese Stunde war der Schiffsführer tadellos in Uniform gekleidet. Hinter ihm traten die beiden Polizisten in den aufgeräumten Kommandostand ein.

„Guten Abend und ahoj, Herr Kapitän Dahland", sagte Kommissar Karel mit tiefer Stimme: „Es tut uns leid, aber wir können leider die Weiterfahrt bis auf weiteres nicht genehmigen."

„Diese Reise wird so oder so ein Desaster", gab der Kapitän trocken zurück: „Ich kann nur hoffen, dass wir die Passagiere und die Crew halbwegs bei Laune halten. Sie wissen, was passiert, wenn die Laune an Bord eines Schiffes umschlägt?"

Karel senkte den Kopf und murmelte seine Antwort in Richtung der Planken.

„Meuterei!"

„Sie sagen es", pflichtete der Kapitän mit hängenden Mundwinkeln bei: „Es beginnt erfahrungsgemäß ganz harmlos, mit ein paar gereizten Bemerkungen. Und am Ende artet es in offene, rohe Gewalt aus. Da verhalten sich unsere lieben Zeitgenossen nicht anders als einst die Matrosen auf der *Bounty*. Und wenn das Feuer der Revolution einmal brennt – dann gute Reise!"

Strietzel, der nur mit halbem Ohr der Unterredung lauschte, trat an das nostalgische Steuerrad und umschloss mit seinen kräftigen Händen zwei der Holme. Unter seinem buschigen Schnauzbart huschte ihm ein Lächeln über die Lippen. Als Kind hatte er sich immer gewünscht, eines Tages auf einem Dreimaster über die stürmischen Weltmeere zu kreuzen. Um das Kap der Guten Hoffnung herum in den Indischen Ozean zu stechen. Auf Sansibar in den schweren Duftwolken der Gewürze zu schwelgen. In indischen Häfen die unbekannte Kultur zu erkunden. Doch dann, je älter Strietzel wurde, zerplatzten die Träume mehr und mehr. Und schließlich hatte es aufgrund fehlender Beziehungen und auch ein wenig durch mangelnde Bildungsabschlüsse nur für die Ausbildung zum Volkspolizisten auf der Polizeischule in Aschersleben gereicht.

Die Weltmeere blieben fern und bis zum Mauerfall so unerreichbar wie ein Stern im Weltall.

„Sagen Sie mal, Kapitän Dahland“, fragte Strietzel verzückt in die Stille des Raums: „Wie weit würden wir mit ihrem Dampfer kommen? Bis Tanger?“ Die Augen des Sachsen leuchteten wie die eines Jungen am Heiligabend unterm Weihnachtsbaum. Der dicke, gemütliche Strietzel blickte den verdutzten Schiffsführer so kindlich an, als wäre er auf Klassenausflug auf einem Museumsschiff.

„Mir würde es schon reichen, wenn wir ein paar Flusskilometer weiter Richtung *Děčín* kämen“, gab der Kapitän wortkarg zurück: „Wir sind durch die Zwangspause schon fast einen Tag in Verzug – und es sieht ja leider nicht danach aus, dass wir hier schnell weg und von der Stelle kommen. Was ist eigentlich mit unserer Kreuzworträtselkönigin?“

Kommissar Karel blickte auf, zog die Hände aus der Hosentasche und rieb die Handballen gegeneinander. Dann klatschte er kurz seine beiden Pranken zusammen. Es knallte.

„Sie ist weg!“, sagte er kurz und bündig: „Deshalb sind wir eigentlich auch bei Ihnen! Sie ist uns aus dem Verschlag dort drüben entwischt.“

„War da nicht Ihr Kollege im Diensteinsatz, um aufmerksam auf sie aufzupassen?“, fragte der Kapitän spitz: „Die Dame ist, so weit ich weiß, über achtzig Jahre alt und recht schlecht zu Fuß!“

„Anderes Thema, *prosím*!“, sagte Karel und wischte die Frage des Schiffsführers mit einer Handbewegung aus der Welt, als würde er fliegende Mücken aus der Luft fangen: „Sie kann Schiff nicht verlassen haben! Wir liegen mitten auf Fluss! Das Weib ist gefangen wie auf Insel Alcatraz. Und Sie? Haben von hier aus nichts beobachtet, Käpt’n?“

„Tut mir leid, Herr Kommissar, aber ich bin vorhin mit meinem Ersten Offizier noch einmal die ursprüngliche Fahrtroute durchgegangen, um festzustellen, ob wir die Verzögerung jemals wieder aufholen können, was wie gesagt nicht danach aussieht. Für Spähdienste Ihrer Art blieb da leider keine Zeit!“

„Gut, lassen Sie uns überlegen, wie wir Dame wieder in Gewahrsam nehmen können“, sagte Kommissar Karel in auffallend dienstlichem Ton: „Kollega Strietzel, Sie kennen gesuchte Person am besten: Was glauben Sie – wie verhält sich gesuchte Frau?“

„Mein lieber tschechischer Freund Karel“, hob Strietzel zu einer Rede an: „Ich bin nicht Ilse Bähnert! Aber wenn … also an ihrer Stelle würde ich eine dunkle Ecke an Deck suchen, was nachts vergleichsweise einfach sein dürfte!“

„Das bringt mich auf eine Idee“, fiel Karel dem sächsischen Kommissar ins Wort. Er drehte sich zum Kapitän um, der mit einem Nachtsicht-Fernglas durch die blank polierte Sichtscheibe der Brücke in die Finsternis schaute.

„Haben Sie Scheinwerfer an Bord? Mit denen wir für paar Minuten Deck ausleuchten können“, fragte Karel: „Sollte Dame noch irgendwo hier oben sein, wird sie Angst bekommen!“

Dem Kapitän schien die Idee ganz und gar nicht zu gefallen.

„Würde Ihnen nicht mein Spezialfernglas ausreichen“, fragte er: „Damit können Sie in der stockfinsteren Nacht noch eine Maus erkennen!“ Kapitän Dahland hielt sein Hightech-Fernrohr dem Prager Kommissar aufmunternd entgegen: „Ich denke, unsere Passagiere sind schon aufgeschreckt genug! Wenn wir jetzt noch die Nachtruhe durch die Scheinwerfer stören, geht es mit der Stimmung noch schneller bergab als es Ihnen und mir recht sein kann.“

„*Sakra!* Ich brauche Licht, viel Licht!“, sagte Karel.

„Muss das wirklich sein?“, fragte der Kapitän, dem es Angst um die Laune an Bord wurde.

In das massige Gesicht Karels stieg dunkle Röte. Er mochte es nicht, wenn ihm widersprochen wurde – Gemütsmensch, der er üblicherweise war, hin oder her. Auch dass es ein uniformierter Kapitän war, der sich dem Hauptkommissar zu widersetzen versuchte, wollte den Prager Polizisten nicht milde stimmen. Er presse die Lippen zusammen, was die Signalfarbe in seinem Gesicht noch gefährlicher erschienen ließ.

„Herr Kapitän!“, zischte der beleidigte Prager Beamte hervor: „Verstehen Sie es nicht als freundliche Anfrage, Sonnendeck zu beleuchten! Ein Fingerschnipsen von mir genügt, dann kreist Helikopter über Schiff – ich weiß nicht, ob Ihnen das besser gefällt?“ Karel atmete langsam aus und tief wieder ein. In seiner Lunge rasselte irgendetwas.

Die Worte hatten gesessen wie ein Faustschlag. Kapitän Dahland legte das Nachtsichtgerät beiseite, ging ohne einen weiteren Mucks von sich zu geben an eines der seitlichen Pulte auf der Brücke, legte ein halbes Dutzend Kippschalter um. Auf jedes helle Klicken knallte schallend ein Relais, worauf ein 1.000-Watt-Strahler nach dem anderen sein sonnengrelles Licht über das menschenleere oberste Deck schoss.

Mit den warzenähnlichen Nietenhöckerchen wirkte der dunkelgrün gestrichene Stahlboden wie eine riesige plattgewalzte Froschhaut. Um den Swimmingpool herum, in dem am Mittag die Leiche von Frau Schmarge entdeckt worden war, stand noch der Folien-Sichtschutz. Die Tote war inzwischen abtransportiert worden. Die Spurensicherung hatte ebenfalls am späten Nachmittag ihre Arbeit beendet und war von Bord gegangen. Der nächtliche Tau auf den übereinander gestapelten Ruheliegen glitzerte und funkelte unter den Scheinwerfern.

„Sind Sie jetzt zufrieden“, fragte der Kapitän knurrig: „In zehn Minuten schalte ich wieder ab. Viel Erfolg bei der Suche nach Ihrer Großmutter!“

Karel quittierte die Bemerkung mit einem Zucken des rechten Mundwinkels. Er packte Strietzel an dessen Jackettärmel und zog ihn hinaus aus der Kapitänsbrücke.

„Strietzel, suchen Sie Backbordseite ab. Ich kümmere mich um Steuerbord!"

Strietzel schob beide Hände in die ausgebeulten Hosentaschen seiner Urlaubsjeans und schlurfte ohne große Begeisterung und ohne Hoffnung auf Erfolg los. Ganz anders Karel. Er wollte offenbar beweisen, wie richtig er mit seiner Strategie lag. Er klopfte mit der Faust gegen die Reling als würde er sich auf einer Treibjagd im Herbstwald befinden.

„Policie! Kommen Sie raus aus Unterschlupf! Hat keinen Zweck, länger zu verstecken! Wir finden Sie!", rief er mit lauter und drohender Stimme. Nach vierzig Metern, etwa in der Mitte des Sonnendecks, blickte er scharf in jede Richtung, ob sich etwas bewegte. Doch weder Mann noch Maus ließen sich blicken, Frau Bähnert schon gar nicht. Nach einigen Augenblicken klappte quietschend die Tür des Verschlages auf, aus dem die Witwe entwischt war. Honza erschien, schlaftrunken wie während des ganzen Abends schon. In der gleißenden Helligkeit wirkte er mit seinem hermelinkäseweißen Gesicht wie ein Flussgespenst. Die Monsterstrahler blendeten ihn wie die Mittagssonne. Er hielt sich mit der Hand die Augen zu. Von seinem Vorgesetzten erkannte er nur die groben Umrisse.

„Was gibt's, Karel?", nuschelte Honza übers Deck: „Haben wir Flüchtige zurück? Ist sie gefunden?"

„Schlafe, Honza!", befahl der Kommissar väterlich: „Sie kann nicht weit gekommen sein! Ich rieche förmlich Kölnisch Wasser-Wolke von alte Frau!"

Tatsächlich sog Karel einen Parfümduft in sich auf, der stark an die Erscheinung einer Dame aus Ilse Bähnerts Siebenundvierzig-Elf-Generation erinnerte. Wie ein Spürhund lief er, den Oberkörper leicht nach vorn übergebeugt, seiner vermeintlichen Riechspur nach. Alle paar Meter blieb er stehen, verharrte schnüffelnd wie ein erfahrener Dackel, um die Ortung aufzunehmen, dann verfolgte er die unsichtbare Fährte unablässig weiter. Vor der Treppe hinab zum Oberdeck und hinunter zum Panoramasalon schien er förmlich das Zentrum der Duftglocke erreicht zu haben.

„*To je divné!* Seltsam! Ist Frau etwa unter Treppe?“, flüsterte Karel leise zu sich.

Die Scheinwerfer leuchteten die obersten drei Stufen der Treppe aus, dann warfen das Deck und der Plankenboden Schatten auf die nachfolgenden Stiegen. Karel zog seine lichtschwache LED-Taschenlampe aus den Innentasche hervor und funzelte mehr schlecht als recht die Düsternis aus.

„*Haló!* Hallo! Ist da jemand“, rief er forsch die Treppe hinab. „Hier ist Polizei! Kommen raus!“

Es polterte und klapperte. Tatsächlich schien sich eine Person unter dem Metallgerüst der Treppe verborgen zu haben. Der Duft nach Kölnisch Wasser hüllte den Kommissar ein wie eine Nebelwand, an der er fast zu ersticken drohte.

„Sofort raus kommen oder ich muss schießen“, schnauzte Karel in seinem ärgsten Befehlston. Er pflegte ihn in solchen Situationen anzuwenden, um dem Gegenüber Angst einzujagen, anderseits auch, um die eigene Furcht zu besiegen.

Aus dem Halbschatten schob sich ein Wesen hervor. Ein Mann, schlank und sogar größer als Karel. Mit der winzigen Taschenlampe umriss er die Kontur des Unbekannten.

„Wer sind Sie? Was machen hier?“, fragte Karel weiter in seinem schnodderigen Tonfall.

Der Mann wischte sich über den Mund und klopfte sich den Schmutz aus den Kleidern.

„Ich bin Ingo Schmarge. Meine Mutter ist heute Nachmittag ermordet worden“, sagte er mit leiser, unterdrückter Stimme.

„Ach, Sie sind das“, antwortete der Kommissar erleichtert: „Was machen Sie hier unter der Treppe? Und was stinkt so?“

Ingo Schmarge lehnte sich schlapp an die Wand hinter sich und strich sich mit seinen dünnen Fingern die verschwitzten Haare aus dem Gesicht.

„Haben Sie vielleicht eine Zigarette für mich, Herr Kommissar?“, bat er.

„Ich rauche nicht. Aber Moment, ich war in Asservatenkammer von Zoll“, sagte Kommissar Karel, als sei es die normalste Sache der Welt, sich beschlagnahmte Waren für den Privatgebrauch anzueignen: „Sind aber nur *Petra*! Bessere Marken teilen sich Kollega von Zoll! Aber bleibt unser Geheimnis! Verlasse mich auf Sie!“

Ingo Schmarge nickte, ohne dass sein glänzendes Gesicht verriet, wie er über das eben Gehörte dachte. Er zog sich eine der schlanken, tabakgefüllten Papierröllchen aus der Schachtel und ließ sich von Karel Feuer geben.

„Erzählen Sie! Was machen hier? Haben Ihnen meine Kollegen keine Übernachtung angeboten? Ihre Kabine bleibt versiegelt – das werden Sie verstehen!“

„Ich bin verzweifelt!“, schluchzte Ingo Schmarge: „Ich habe meine Mutter geliebt, jeden Urlaub haben wir zusammen verbracht!“

„Kann ich verstehen!“, brummte Karel mitleidig zurück: „Wenn Mutter stirbt, ist schlimm genug – aber dann noch unter solchen Umständen. Dennoch wundert mich, dass Sie unter Treppe Trost suchen!“

„Nachdem mich Ihre Kollegen vernommen hatten, wollte ich an den Tatort! Ich wollte sehen, wo sie umgebracht worden ist!“, stammelte der junge Mann mit tränenerstickter Stimme: „Ich habe ein paar Andenken retten wollen!“

„Lassen Sie mich raten: Flasche Kölnisch Wasser war auch dabei!“, unterbrach ihn der Kommissar.

„Riecht man das? Sie ist mir vorhin runtergefallen!“, gestand Schmarge.

Karel kriegte kaum noch Luft, so stark war die Umgebung von dem ätherischen Dunst getränkt, der aus dem in tausend Scherben zerbrochenen Parfümflacon austrat.

„Muss Ihnen leider alles abnehmen: Duftwasser – auch das,

was Sie sonst eingesteckt haben. Haben doch Verständnis! Wir ermitteln in einem Mordfall. Da kann ich laxen Umgang mit Beweisstücken nicht zulassen“, belehrte Karel den Mann: „Zeigen mal, was haben Sie in Hosentasche?“

Mürrisch griff Ingo Schmarge in seine dunkelblaue Stoffhose und holte schweigend allerlei Krimskrams hervor: ein paar Münzen, einen Bleistiftstummel, zwei Bindfäden, einen Ventilstöpsel, Kassenzettel und ein kleines goldenes Kettchen.

„Was sind das denn für komische Andenken!“, sagte der tschechische Kommissar verwundert: „Aber gut, das meiste wird Ihre Mama in Kabine aufbewahrt haben. Ist von Ihnen hoffentlich nicht aufgebrochen und betreten worden, nachdem wir versiegelt haben?“

Die Nasenspitze Ingo Schmarges zeigte nach unten auf den Boden. Stumm wie ein ertapptes Kind schüttelte der Mann den Kopf. Er übergab den Inhalt der Hosentasche mit schlaffen Bewegungen an den Kommissar. Karel zog eine Klarsicht-Plastetüte hervor, die er für solche Fälle immer in seinem Jackett trug, hielt sie geöffnet unter Schmarges Hand und fing die Utensilien mit dem Beutel auf.

„Und jetzt kommen mit“, sagte Karel und fasste Ingo Schmarge am Arm: „Ich werde persönlich dafür sorgen, dass Sie Bett für Nacht bekommen.“

Beide stiegen die Treppe hinauf zum Sonnendeck, das noch immer taghell strahlte. Inmitten des Flusstales, das von dunklen, verwitterten Sandsteinfelsen und bewaldeten Hängen eingegrenzt wurde, leuchtete es wie ein gigantischer weißgrüner Edelstein. Vom sonst glatten Rumpf hob sich das kleine Polizeiboot an der Seite des Flusskreuzers wie eine Wucherung ab.

Nach exakt zehn Minuten schaltete der Kapitän die Flutlichtbeleuchtung ab. Die Relais krachten schallend in die Nacht.

„So, das war’s für heute“, sagte Dahland erleichtert und ließ sich in seinen Drehsessel fallen: „Auch ein Kapitän muss mal die Augen zu machen und ausruhen. Ich bin hundemüde!"

Notgedrungen suchten sich Karel und Ingo Schmarge im Dunkeln den Weg zum Verschlag, nur von ein paar Positions- und Fluchtweglichtern geleitet. Der Mond war von Wolken verhangen. Scharrend zog der Kommissar vier Sonnenliegen in das kleine Kabuff, in dem am Nachmittag das Verhör mit Ilse Bähnert stattgefunden hatte. Honza, der sich drei der Stahlrohrstühle als Notbett zusammengestellt hatte, rollte ohne aufzustehen hinab auf eine der Ruheliegen und bekam somit sein leidliches Nachtlager. Kommissar Strietzel, der bereits sein müdes Haupt auf die steinharte Tischplatte gebettet hatte, erhob sich und schleppte sich auf eine der Sonnenliegen.

„So, gute Nacht, Karel!", lallte Honza schlaftrunken.

„Danke, *děkují* und *Dobrou noc!*", erwiderte Karel erschöpft und knipste mit seinem wulstigen Daumen die Glühlampe aus.

Strietzel und Schmarge, die sich nicht sonderlich sympathisch fanden, räkelten sich grußlos, das Gesicht voneinander abgewendet, auf zwei nebeneinander stehenden Liegen. Alle vier Männer zogen sich kratzige und stockig riechende Rot-Kreuz-Decken bis übers Kinn und stimmten einer nach dem anderen in eine rasselnde Schnarchkakophonie ein. Durch das Lukenfenster drang feuchte Flussluft. Ein Kauz schrie hell und gellend durchs Elbtal, so dass es an den Felswänden in Sachsen und Böhmen gleichzeitig widerhallte.

KAPITEL 9

Am seidenen Faden

Mit einem kräftigen Ruck zerrte Ilse Bähnert das leinene Bettlaken unter dem Rücken Bobby Silbers hervor. Der Sänger rollte ein wenig nach rechts und blieb auf der blanken Matratze bleischwer liegen, ohne sich weiter von Ilses Aktivitäten stören zu lassen. Das Bier, der Whiskey und der Wodka hielten sich noch hartnäckig in den Blutbahnen des Künstlers. Er schnaufte leise wie ein Maulwurf, schmatzte hin und wieder und klapperte und knirschte mit den blendend weiß überkronten Zähnen.

Ratsch!

Frau Bähnert zeriss das weiße Laken der Länge nach. Das frisch gestärkte Tuch von der anderen Bettseite hatte sie bereits in vier gleichmäßige Stücke zerteilt und hintereinander zusammengeknotet. Die anderen vier Stoffbahnen knüpfte sie mit flinker Hand an das begonnene Lakenseil an.

„Eene Stoffbahn is gute zwee Meter lang, ich habe acht Bahnen – macht runde sechzehn Meter Stricklänge – und wenn ich Glück habe, reicht das aus“, sagte sie, während der letzte Knoten von ihren zierlichen Händen geschlossen wurde.

„Ich bin ja zum Glück leicht wie eene kleene Fliesche, da wird mich das Laken gewiss sicher von Bord bringen“, flüsterte sie und prüfte die Haltbarkeit der sieben Doppelknoten, in dem sie Stück für Stück des Seils auf den Boden legte, mit dem Fuß darauf trat und den anderen Teil mit beiden Händen kräftig nach oben zog.

„Ha ha, hält, als wärs aus dor guten alten Konsumgüterproduktion“, freute sich die findige Witwe.

Eilig stopfte sie die Textilschlange in ihre geräumige Handtasche und schlich zur Tür. Dort legte Frau Bähnert das linke Ohr glatt ans Türblatt und lauschte, ob sich draußen auf dem Gang noch jemand bewegte. Als sie keinen Laut vernahm, drückte sie langsam und vorsichtig wie ein Meisterspion die Klinke herunter, zog die Tür in Zeitlupentempo auf, um keinen noch so geringen Mucks zu machen. Dann wieselte sie über den Flurteppichbelag zur Treppe, eilte hinauf zum Sonnendeck, das sich in friedlicher Stille und nur schemenhaft erkennbar unterm böhmisch-sächsischen Himmel ausbreitete. Aus dem Kabuff drangen ratzende und kehlige Geräusche, die Ilse beruhigten.

„Schnarchende Männer sind wie bellende Hunde", dozierte sie: „Sie sind unangenehm, aber die tun eenem nischt mehr!"

Vorsichtig, auf den Schuhspitzen gehend, umkreiste die Seniorin das abgesperrte Areal, hinter dem die Mordtat geschehen war. Sie lief bis zur Reling. Von dort aus nahm sie das Ufer ins Visier – sie schätzte die Entfernung auf etwa acht Meter.

„Müsste zu schaffen sein", flüsterte sie aufgeregt.

Die Frau kramte in ihrer Tasche und holte eine leere Eierlikörflasche hervor.

„Die ist schwer genug", sagte sie und band das Glasgefäß als Wurfgewicht an das eine Ende des Seils.

„Und jetzt – zsssst! – wie beim Robin Hood, ab dadormit an die Fähranlegestelle von Schöna", sagte Ilse.

Sie zielte in Richtung einiger flackernder Lichter am Ufer, wo eine senkrecht stehende Eisenstange vom schwimmenden Fährsteg emporragte.

„Nur die Ruhe", sagte sie und atmete tief ein, dann holte sie mit dem rechten Arm aus und warf die Flasche mit aller Kraft in Richtung der Anlegestelle.

„Mit een bissel Dusel verhakt sich die Pulle im Gestänge!"

Die Flasche flog – und das Laken flatterte wie ein überlanger Drachenschwanz hinterher. Es klirrte, die Eierlikörflasche musste gegen das Ziel geprallt sein. Doch als Frau Bähnert das provisorische Seil festzurren wollte, fehlte jeglicher Widerstand. Sie zog und holte ein – und hatte nach einer Weile den abgebrochenen Flaschenhals in der Hand, dazu ein völlig durchnässtes und dadurch schwer gewordenes Seil aus Bettlaken.

„Verfluchter Mist!“, schimpfte Frau Bähnert: „So wird das nischt!“

Wie ein bandwurmlanger, durchweichter Scheuerlappen lag ihr Fluchthilfsmittel auf dem Deck. Kleine Pfützen bildeten sich um das Knäuel.

„Wenn ich das Seil auswringe, könnte ich es noch eenmal probieren“, sprach sie sich Mut zu und tippte mit der Schuhspitze gegen das triefende Stoffbündel.

Ein Hund bellte vom Ufer her. An Bord polterte etwas dumpf. Dann war ein Plätschern zu vernehmen. Frau Bähnert blickte sich spähend um. Ihre Augen hatten sich inzwischen an die Dunkelheit gewöhnt. Fast wie eine Katze erkannte sie Umrisse und Details in der nachtschwarzen Umgebung. Ab und an öffnete sich die Wolkendecke am Himmel, und das Licht der Sterne gab dezente Helligkeit ab. Ilse konnte niemanden entdecken. Das Geräusch musste wohl aus dem Maschinenraum gekommen sein. Sie nahm das Laken und drückte es aus, dicht über dem Boden, damit das abfließende Wasser keine lauten Geräusche erzeugte.

Von den Metallstufen des Sonnendecks ließen sich auf einmal Schritte vernehmen, schwerfällig und bedächtig. Noch bevor Frau Bähnert jemanden erkennen konnte, sah sie Rauchwolken aufsteigen, weiß und dünn.

„Da roocht eener“, murmelte sie und ging in Deckung: „Roocher sind einfach überall, forschdbar!“

Ein Herr im weinroten Bademantel erklomm das Deck. Um seine von der Sonne feuerrot gebrannte Glatze zog sich ein buschiger Kranz dichter, grauer Haare, die tropfnass waren. Er war außer Puste geraten. Abwechselnd holte er Luft und sog an seinem Glimmstängel. Die nächtliche Erfrischung schien er zu genießen und schob sich, mit seinem stattlichen runden Wanst voran, in Richtung Reling zu einer Leiter, nahe der Frau Bähnert nur notdürftig im Halbschatten Schutz vor fremden Blicken suchte.

„Ja mei, was machen Sie denn da?", fragte der Herr verdutzt. Seine Mundart ließ ihn unschwer als Reisenden aus Bayern erkennen: „Kann ich Ihnen helfen?"

Frau Bähnert blieb keine andere Wahl, als die Flucht nach vorn anzutreten. Sie schaute den Mann treuherzig an und erhob sich dann aus ihrer Lauerposition.

„Gut, dass Se kommen, mein Herr", sagte sie unerschrocken: „Ich habe meinen Trauring verloren!"

„So so, den Ring verloren", wiederholte der Bayer in gemütlichem Tonfall, saugte noch einmal am Filter seiner Zigarette und warf die Kippe über Bord in den Fluss: „Bei dieser Finsternis wird es schwer sein, ihn wiederzufinden."

„Sie sagen es!", plauderte Frau Bähnert weiter: „Ich habe ihn sechzig Jahre lang keen eenzsches mal versiebt. Und jetzt ausgerechnet hier!"

„Na, wichtig ist doch, dass man seinen Schatz im Herzen trägt – Ringe hin oder her", sagte der Mann, rieb sich mit seiner grau behaarten Hand über die mit Bier und Schweinshaxe gemästete Wampe, suchte beiläufig den Boden ab und entdeckte das provisorische Seil: „Sind das Ihre Bettlaken? Sie schlafen wohl im Wasserbett, ho ho!"

Frau Bähnert hatte versucht, das nasse Bündel mit dem Fuß unter einen Stapel Sonnenliegen zu schieben. Doch vergeblich, wie sich nun zeigte. Der beleibte Passagier holte mit sichtlichem Vergnügen seine Schachtel aus der Tasche des seidig glänzenden Bademantels und zündete sich eine neue Zigarette an. Er paffte hastig drei Wolken Rauch in die Nacht. Frau Bähnert tat so, als würde sie weiterhin nach dem vermeintlichen Ehering suchen.

„Wenn Se mir vielleicht ma Ihr Feuerzeug als Funzel leihn könnten", sagte sie freundlich: „Da hinten glitzert etwas, hinter dem Bein der Sonnenliege!"

„Aber gerne, wenn ich Ihnen helfen kann. Bitteschön!"

Der leutselige Bayer griff noch einmal in die Bademanteltasche und zückte das vornehme Benzinfeuerzeug. Er klappte die obere Verschlusskappe auf und entzündete mit einem kurzen, kräftigen Drehen des Eisen-Rädchens den feuchten Docht. Hell wie eine Weihnachtskerze sorgte das Licht für eine deutliche Verbesserung der Sichtverhältnisse, jedenfalls in der düsteren Spalte unter der Liege. Mit dem Feuerzeug in der Hand kroch Frau Bähnert näher an ihr glitzerndes Objekt und zog es mit der linken Hand ächzend hervor.

„Nee, keen Ring", keuchte sie: „Nur eene Tablettenpackung – und een alter, vergilbter Briefumschlag!"

„Ja, mir ist es auch schon aufgefallen, dass hier an Bord Ordnung nicht am größten geschrieben wird", bemerkte der Bayer: „Meine Frau und ich – der liebe Gott habe sie selig – wir waren einmal auf der Donau! Also, da hätten S' von den Planken essen können!"

Frau Bähnert steckte die Tablettenhülle und den Briefumschlag in die Handtasche und musterte den bulligen Herrn, dem es nichts auszumachen schien, mit seinem halboffenen Bademantel und nassen Haaren vor einer ihm fremden älteren Dame seine Nachtzigarette zu rauchen.

„Ihre Frau lebt also nicht mehr, habe ich das richtsch verstanden?", fragte Ilse neugierig.

„Ich bin seit drei Jahren verwitwet!", sagte der Herr: „Seitdem reise ich allein. Ich kann nachts einfach nicht einschlafen – erst recht nicht bei solch einer Sommerwärme. Es klingt vielleicht komisch – aber ich schwimme, um müde zu werden! Hier vom Bug bis zum Heck des Schiffes." Er zeigte die Strecke mit dem Finger. „Ach, entschuldigen Sie, dass ich mich noch gar nicht vorgestellt habe: Alois Zinker aus Freising bei München."

„Bähnert, Ilse Bähnert – verw…", sagte die Witwe und hielt erschrocken inne, denn an Bord mussten bislang alle davon ausgehen, dass ihr verblichener Gatte nur wegen einer Unpässlichkeit die gewonnene Reise nicht mit angetreten hatte:

„Äh, also verwundet … nein, äh … verwundert! Verwundert, dass so ein Mannsbild wie Sie nachts Schwimmen geht. Hier in dor Elbe? Bei dieser heftigen Strömung?“

Alois Zinker aus Freising lächelte und fühlte sich geschmeichelt. Er schien Mitte siebzig zu sein, war übergewichtig, aber muss in jüngeren Jahren ein attraktiver und sportlicher Mann gewesen sein.

„Ja mei, ich steige hier über die Leiter in den Fluss und schwimme entlang des Rumpfes – immer mit der Strömung bis zum Heck – hinten gibt es Stufen, da klettere ich wieder raus! Laufe über Deck nach vorn – und wiederhole das Ganze, bis ich die nötige Bettschwere habe. Und meine Zigarette kann ich hier auch ungestört rauchen. Herrlich! Erfrischend!“ Entspannt strich er sich die verbliebenen Haare nach hinten. Er fügte hinzu: „Seit dem Tod meiner Frau, na ja … wir haben uns geliebt! Da lässt man nicht gleich wieder jemanden an sein Herz heran.“

Für einen Moment rührte Frau Bähnert der stattliche Bayer, den sie sich statt im Bademantel in einer echten Krachledernen, dazu mit grünem Filzhut samt buschigem braunen Gamsbart vorstellte. Sie überlegte, ob sie sich dem Herrn anvertrauen und ihm ihre ganze Geschichte beichten sollte. Von Kommissar Strietzel konnte sie nach ihrer Flucht nicht mehr viel Unterstützung erwarten.

„Sie sind also ein guter Schwimmer?“, fragte Frau Bähnert unvermittelt.

„Ich schwimme wie ein junges Walross“, antwortete Zinker und lachte dröhnend.

„Pssst!“, ermahnte ihn Frau Bähnert: „Sie wecken noch das ganze Schiff auf!“

„Verzeihung!“, entschuldigte er sich: „Ich war dreimal bayerischer Landesmeister über die 400-Meter-Strecke.“ Der Mann holte theatralisch Luft, breitete die Arme ein wenig aus und wirkte so noch runder als er es sowieso schon war. Frau Bähnert sah dem kleinen Schauspiel amüsiert zu und überlegte.

„Hörn Se mal zu, mein lieber Alois!“, begann sie und verengte ihre Augen listig zu einem schmalen Schlitz: „Ich muss dringend von Bord – aber Sie wissen ja, wegen des Mordes darf eigentlich keener runter!“

„Ja, ja – die Polizei. Doch solange es Bier und Weißwurst...“

Frau Bähnert ließ den Bayern nicht ausreden.

„Um de Fressalien geht's mir nicht – ich habe eene...“, Frau Bähnert suchte nach Worten: „Also, ich brauche Medikamente!“

Der Bayer hatte sich bislang nicht in seinem guten Glauben an die Frau erschüttern lassen. Jetzt blickte er dennoch verwundert drein.

„Sie brauchen dringend Medikamente? Und die Polizei lässt Sie nicht von Bord? Das ist ja ein Skandal! Ich werde mich morgen früh gleich für Sie beim Kapitän und bei diesen tschechischen Ermittlern einsetzen – ich habe gute Kontakte in die höchsten politischen Kreise. Mein Bruder war Abteilungsleiter in der Bayerischen Staatskanzlei – unter Strauß!“

„Oho, dor Strauß – das war ein feiner Mensch – damals, dieser Milliardenkredit für uns hier.“ Ilse Bähnert biss sich auf die Zunge. Sie merkte, dass sie unnütz plapperte.

„Schaun Se mir mal bitte in meine Oochen!“, forderte sie den Mann im Bademantel auf und zeigte mit den Fingern der rechten Hand in Richtung ihrer Pupillen: „Was sehn Se da?“

Alois Zinker trat zwei Schritte näher an Frau Bähnert heran und merkte so noch eindrucksvoller, wie klein und zierlich die Dame gebaut war. Er studierte die Netzhaut der Seniorin.

„Was soll ich da erkennen? Ihre Augen sehen frischer und klarer aus als die mancher Zwanzigjährigen.“

„Och, das ham Se jetzt aber schön gesagt! Also, was ich meene: Diese Oochen können nicht lügen! Niemals!“ Frau Bähnert agierte jetzt heftiger. Sie bückte sich, holte das Lakenseil heran und zog das eine Ende mit der Hand in Hüfthöhe.

„Wonach sieht das aus, nach Ihrer Meinung?“, bohrte sie weiter, in einem fast schon scharfen und einschüchternden Ton.

Der gemütliche Bayer staunte darüber, was er sah.

„Es sieht aus, als hätte jemand Betttücher zu einem Seil zusammengeknüpft!“

„Gar nich so schlecht, mei Gudsdor! Und weiter!“, befahl Ilse.

„Ich kombiniere: Da will eener mit allen Mitteln von Bord dieses Schiffes gehen – und zwar heimlich!“

„Grandios erkannt, mein Herr!“, lobte die alte Dame.

„Aber doch nicht etwa Sie? Mit einem Bettlaken?“ Alois Zinker wusste nicht so recht, ob er die Sache ernst nehmen oder mit einem Lachen abtun sollte. Frau Bähnert nutzte den Moment der Verblüffung.

„Sie würden also allen Ernstes zusehen, wie ich mit diesem Seil hier absaufe, oder?“ Frau Bähnert senkte den Blick und schlug einen verschwörerischen Ton an: „Passen Se off! Sie helfen mir – ohne überflüssige Fragen zu stellen!“

„Warum sollte ich das nun wieder tun“, fragte der Bayer und holte eine weitere Zigarette aus der Schachtel, zündete sie an und rauchte hastig ein paar Züge: „Ich kennen Sie nicht – wer weiß, ob Sie etwas mit dem Mord zu tun haben, der hier an Bord geschehen ist!“

„Sie enttäuschen mich! Ich war grade eben dabei, Sie für eenen zuvorkommenden Schendelmenn, einen Herrn und Helden vom alten Schlage zu halten!“ Ilse Bähnert setzte eine verächtliche Miene auf: „Aber eener wie dor andere: Wenn`s brenzlig wird, heeßt`s bein meisten – Schwanz einziehen!“

Der Mann im Bademantel schien am richtigen Ende gepackt worden zu sein. Er wirkte entschlossen, blickte die Dame fest an, warf die halb aufgerauchte Zigarette in den Fluss, stemmte die Arme in die Seite und wippte unternehmungslustig mit dem rechten Fuß, der in einer Hotelbadepantolette steckte.

„Also, als Drückeberger lasse ich mich von Ihnen nicht schimpfen!", sagte er überlegen: „Was soll ich tun?"

Frau Bähnert war selbst überrascht, wie schnell ein Herr dieses Formats nach ihrer Pfeife zu tanzen begann. Sie musste erst ein paar Mal Luft holen. Dann teilte sie ihren Plan mit.

„Zunächst will ich es Ihnen nicht vorenthalten: Sie haben recht, Herr Alois! Man verdächtigt mich arme, alte Frau, mit diesem abscheulichen Mord etwas zu tun zu ham!"

„Aha, wenigstens sind Sie jetzt ehrlich, Frau Bohnert!"

„Bähnert, so heeße ich! Also – ich stehe im Fadenkreuz dor Polizei! Und so lange ich auf diesem verflixten Kahn rum turne, werdsch da ooch bleim!"

„Also wollen Sie runter – und an Land etwas für Ihre Entlastung tun!", schlussfolgerte der Bayer.

„Jawoll!"

„Aber ich kann Sie schlecht auf meinem Rücken ans Ufer bringen, da gehen wir beide unter. Das können weder Sie noch ich wollen!"

„Keene Angst! Sie brauchen nur dieses Laken hier – also das eene Ende dort drüben an dor Fährstation Schöna verankern. Ich binde das andere Ende hier am Relingrohre feste – und hangele mich rüber!"

„Das ist nicht ihr Ernst, lieber Gott im Himmel!" Alois Zinker reckte den Kopf nach oben und schickte tatsächlich ein Stoßgebet zum Allmächtigen.

„Ich habe ooch een paar sportliche Aktivitäten in meinem Leben vollbracht!", sagte Ilse Bähnert unverdrossen: „Lassen Sie de Turnerei meine Sorge sein! Trauen Sie sich das Nachtschwimmen bis zum Ufer zu, Herr Alois?"

Der Herr maß mit seinem Blick die Entfernung zwischen Schiff und Ufer.

„Ich schätze, die Entfernung ist kein Problem! Aber die Strömung wird mich ein wenig abtreiben. Wie lang ist ihr Seil?"

„Sechzehn Meter!", parierte Frau Bähnert.

„Gut – versuchen wir es, auf Ihre Verantwortung! Weiß der allmächtige Herrgott, welcher Teufel mich in dieser Nacht reitet!"

Alois Zinker kleidete sich aus. Er trug eine Badehose in der Farbe des Bademantels. Den roten Mantel warf er aufs Deck und kletterte über die Leiter in den sommerwarmen Fluss. Er hielt sich mit der linken Hand an einer Sprosse fest und rief mit Flüsterstimme nach oben zu Frau Bähnert.

„Werfen Sie mir ein Ende des Seils zu." Die Worte des Bayern schallten von der Flussoberfläche wie von einer nackten Kellerwand zurück.

„Ich seh nischt!", fluchte Frau Bähnert leise und ließ das Ende des Strickes blindlings nach unten fallen, bis sie es platschen hörte.

„Ich habe den Stofffetzen", gab Alois zurück.

Er stieß sich mit den nackten Füßen von der Leiter ab und schwamm mit kräftigen Zügen in Richtung Ufer. Als Ziel steuerte er wie vereinbart den schwimmenden Steg der Fähre an. Er musste seinen Kurs immer wieder korrigieren, weil sich die Fließkraft der Elbe viel stärker als gedacht erwies. Frau Bähnert vernahm aus der Ferne die rauschenden Töne, die beim Schwimmen entstehen und hörte auch das Keuchen. Zu sehen war wenig. Nur die trüben Positionslichter am Eisengeländer der Fähranlegestelle deuteten die Entfernung an. Nach etwa zehn Minuten hörte sie, wie ihr Helfer aus dem Wasser stieg und nach weiteren fünf Minuten wieder in die kühlen Fluten hineinglitt. Pitschnass stieg er aufs Schiff, hängte sich den Bademantel über und japste wie ein Marathonläufer nach dem Zieleinlauf.

„Frau Bähnert!" Er atmete schwer: „Das wird sehr gefährlich für Sie! Die Strömung ist wirklich stark. Ich wünsche Ihnen viel Glück. Das Seil habe ich am Geländer verknotet!"

„Danke! Ich werde mich gewiss mal erkenntlich zeigen!", sagte sie, schon in Eile: „Ich backe eine vorzügliche Eiorschegge! Die Einladung güldet!"

Sie kontrollierte noch einmal den Kreuzstich, mit dem sie ihr Ende des Lakens am Gestänge der Reling verknotet hatte.

„Hält, wackelt und hat ooch Luft, ha ha", jubelte sie.

Dann zog sie ihre Strickjacke ein wenig nach oben, umfasste das provisorische Seil mit den Händen, umschlang es mit den Füßen und hangelte sich wie ein Orang-Utan davon. Herr Zinker zeigte in diesem Moment mehr Angst als die sächsische Seniorin. Er packte das Laken kurz vor dem Knoten und hielt es mit seinen Pranken fest, damit es straff blieb und die alte Dame leichter das Ziel erreichte.

„Schauen Sie am besten nicht nach unten", riet er der kopfüber hangelnden Witwe zu.

Frau Bähnert blieb eine Antwort schuldig.

Sie merkte, dass Sie keinesfalls trocken am anderen Ufer ankommen würde. Das Seil gab bald nach und sie tauchte wie ein Senkblei in die strömende Elbe. Krampfhaft klammerte sie sich an dem Laken fest. Sie wollte um Hilfe schreien. Aber die Angst, wieder in Gewahrsam zu kommen, hielt sie davon ab. Sie schluckte Elbbrühe. Ihr Kopf geriet unter Wasser. Hustend und spuckend klammerte sie sich ans Seil, dessen Knoten sich zu lösen drohten.

„Ich ersaufe", keuchte sie: „Hilfe!"

Sie war schon zu weit vom Schiff entfernt. Ihr leises Rufen hörte keiner. Sie packte das Laken und versuchte sich zur Fährstation zu ziehen. Der Knoten dort am Geländer hielt. Am Schiff war das Seil bereits nicht mehr befestigt – es musste sich gelöst haben. Sie zog sich Zentimeter für Zentimeter weiter. Die Gefahr um Leib und Leben setzte ungeahnte Kräfte im Körper der hoch betagten Frau frei. Ihre Handtasche hing an ihrem rechten Ellbogen. Die Handflächen schmerzten, weil das klitschnasse Leinentuch rieb und scheuerte. Frau

Bähnert blieb tapfer. Sie glaubte jetzt, durch das Rauschen der Strömung eine fiepende Maus vom Ufer her zu hören. Wie ein Sack voller Feldsteine hing sie an ihrem Tuch und näherte sich nur mühsam dem rettenden Ufer.

„Ich kann ni mehr!", schrie sie japsend und schluckte dabei eine weitere Portion Elbwasser.

Bis zum Steg blieben noch zwei Meter. Frau Bähnert zog sich, unvorstellbar entkräftet, durchs strömende Flusswasser bis zum eisernen Schwimmkörper und krallte ihre rechte Hand an eine kleine Eisenklammer. Die Schönaer Elbfähre war ohne Besatzung. In der Nacht fuhr das Schiff einige Stunden nicht über den Fluss.

„Gerettet!", prustete sie und hustete Wasser: „Aber – hat da eener off dor andren Seite das Seil gekappt – am Schiff! Ich hatte das doch selber todsicher verknotet! Muss diesor Bayer gewesen sein! Erst helfen wolln – und dann heemdiggsch werden … typisch!"

Sie hangelte sich leise wie ein heranschleichender Indianer um die schwarz gestrichene Anlegeplattform herum und fand die Leiter, die hinauf auf das Ponton führte. Triefend wie ein gebadeter Pudel entstieg sie dem Fluss.

„Geschafft! Endlich!", stieß sie hervor.

Um ihre Fluchtspuren zu verwischen, zog Frau Bähnert das Lakenseil ans Ufer. An dessen anderem Ende entdeckte sie Rissspuren.

„War ehm doch nich de beste Qualität", stellte sie lakonisch fest: „Reicht zum droff liegen im Bette, aber nicht für een Fluchtmanöver!"

Sie warf das nasse Bündel in die Uferböschung und schüttelte sich wie ein nasses Tier.

„Ich brauche dringend trockne Klamotten!"

Während sie sich von einer Papiereinkaufstüte, kleinen Ästen und anderem Flussunrat befreite, bemerkte Ilse Bähnert an ihrem linken Bein etwas Glitschiges. Sie zog es mit der

Hand von der Strumpfhose ab und stellte mit einiger Überraschung fest, dass es ein Kinder-Schwimmring ohne Luft war.

„Überall dieses Gerümpel", fluchte sie leise: „Abor Moment! Das sieht doch aus – wie dor … äh … wie dieser Frosch-Schwimmring, den ich neben dor Leiche gesehen habe! Een Beweisstück – mutterseelenallein hier in dor Uferzone?"

Frau Bähnert schüttelte das PVC-Tier ab und stopfte es eilig in ihre Handtasche.

„Da stimmt was nich mit dem Fröschel – ich spür es förmlich!"

KAPITEL 10

Mann über Bord

Bobby Silber wälzte sich unruhig auf seinem Lager, als befände er sich in einem Fiebertraum. Der Schädel fühlte sich an wie unter granitschwerem Schotter vergraben. Jeder Pulsschlag hämmerte wie ein scharfer Kanonenschlag. Doch der Ärmste konnte es nicht länger hinauszögern – Bobby Silber verspürte ein sehr dringendes, unausweichliches menschliches Bedürfnis. Die dünnen Beine zu verknoten half nicht mehr. Er stemmte sich vom Bett auf, tastete sich durch die dunkle Kabine zur Toilettentür, drückte mit ganzer Körperlast die Klinke nach unten – und hielt sie umgehend in der Hand! Sie war unter der Wucht des Sängers abgebrochen.

„Scheiße!", spuckte er mit seiner kehligen Stimme als einziges Wort heraus.

Ihm dämmerte, dass sich ohne Klinke die Tür zum Keramikzimmerchen nicht öffnen ließ – und er konnte das menschliche Geschäft kaum noch eine Sekunde länger zurückhalten.

Unter stark betäubten Sinnen stolperte er zurück zum bodentiefen Kabinenfenster, fegte mit der rechten Hand die Gardine zur Seite, öffnete die Scheibe, zog seine Hose herunter und erleichterte sich unter lautem, befreiendem Stöhnen in den Fluss.

Wie genau es geschah, merkte Bobby Silber nicht. Doch etwas schien ihn mit einem Mal nach vorn Richtung Wasser zu ziehen, als wäre das Schiff unvermittelt in Schräglage geraten. Er vergaß, seine Hände am Balkongitter abzustützen. Als es ihm einfiel, war es zu spät. Der Oberkörper klappte über die Brüstung des Austritts, und der ohnehin deutlich eingeschränkte Gleichgewichtssinn versagte dem betrunkenen Schlagerkönig jeglichen Dienst. Kopfüber plumpste er senkrecht nach unten, verfing sich zu seiner großen Verwunderung in einem straff gespannten Bettlaken, das unter der Falllast jäh zerriss. Er platschte mit weit aufgesperrtem Mund in die Elbe. Die Nässe ernüchterte ihn schlagartig. Er ruderte mit den Händen, strampelte wie ein Radfahrer mit den Beinen im Wasser und rief, sich verschluckend, laut und kräftig um Hilfe.

„Ich ertrinke!“, sprudelte es aus ihm heraus: „Hört mich denn keiner! Rettet mich!“

Mit letzter Kraft und in höchster Not stimmte Silber einen seiner eher unbekannten Songs an, dessen Text sich symbolisch mit einem Ertrinkenden beschäftigte.

„Mir fehlt der Boden unter den Füßen...“, trällerte der Barde, den Kopf kaum noch über der Wasseroberfläche haltend. Dann klatschte endlich neben ihm ein Rettungsring auf. Er schaute nach oben und sah Kapitän Dahland, der sich verschlafen die Augen rieb. Neben ihm stand ein Herr mit Halbglatze, mit einem roten Bademantel bekleidet.

„Halten Sie sich am Ring fest!“, befahl der Kapitän: „Schaffen Sie das? Ich werfe Ihnen sofort eine Strickleiter zu.“

Silber hustete und strampelte weiter. Die schwachen Arme und seinen durchgefrorenen Oberkörper hatte er inzwischen auf den rot-weißen Korkring gelegt.

„Ja, werfen Sie die Leier runter – ich spiele was Sie wollen!“

„Keine *Leier* – die *Leiter*“, wiederholte der Kapitän geduldig – und zu dem Herrn, der den Hilferuf gehört und den in seiner Brücke eingeschlafenen Schiffsführer geweckt hatte, sagte er resigniert: „Dieser Mann hat ein gewaltiges Alkoholproblem. Aber gut, retten wir ihn. Die Reederei hat ihn für die gesamte Kreuzfahrt gebucht. The show must go on!“

Der ebenfalls alarmierte Erste Offizier hatte inzwischen die große Tasche mit der Strickleiter geholt. Er warf sie über die Reling und hakte den oberen Teil der Konstruktion ins Eisengestänge. Dann schwang er sich über die Absperrung und kletterte vorsichtig hinab zum Fluß. Er reichte Bobby Silber seine Hand entgegen.

„Halten Sie sich an meiner Rechten fest, kommen Sie, nehmen Sie meine Hand!“, sagte er in ruhigem Ton.

„Haben wir uns heute nicht schon einmal die Hand gegeben?", fragte Bobby Silber verwundert. Seine Sinne schienen sich wieder stark einzutrüben: „Kennen wir uns überhaupt?"

Der Erste Offizier entgegnete nichts darauf. Er zog den Herrn mittels des Rettungsrings näher an sich heran, packte ihn kräftig am Hemdkragen wie einen Hasen, der aus dem Stall geholt wird. Mit dem muskulösen Unterarm klammerte er den mageren Fang an seine Seite und schleppte den tropfnassen Künstler wie eine alte Teppichrolle zurück an Bord. Unsanft ließ er ihn auf die Planken fallen, vor die Füße des skeptisch blickenden Kapitäns.

„Was machen wir mit ihm?", fragte der Erste Offizier und strich sich lässig die Uniform glatt, die beim Rettungsmanöver ein wenig knittrig geworden war.

Stumm schaute Kapitän Dahland auf den armseligen Haufen feuchter Kleider, unter denen sich ein wimmerndes Schlagerwrack zitternd an den Deckboden schmiegte. Nach einer Weile des stillen, verächtlichen Betrachtens machte er eine Handbewegung in Richtung Kapitänsbrücke.

„Erster Offizier, holen Sie ihm ein paar Decken, und bringen Sie ihn zu mir. Ein paar Schlucke heißen Tees werden seinen Kreislauf stabilisieren. Bis morgen bleibt er unter meiner persönlichen Kontrolle. Ich werde mit der Reederei Rücksprache halten, wie wir uns verhalten sollen!"

„Eye, eye, Sir!", konterte der Erste Offizier knapp und machte sich auf den Weg, um die wärmenden Rettungsdecken zu besorgen.

Dahland wandte sich dem Herrn zu, der sich gerade die fünfte Zigarette innerhalb der vergangenen Minuten anzündete.

„Haben Sie vielen Dank für Ihre schnelle Reaktion – ohne Sie wären Silbers Schallplatten nur noch posthum auf den Markt zu bringen gewesen!" Der Kapitän klopfte dem umsichtigen Retter auf die Schulter: „Was machen Sie eigentlich zu so nächtlicher Stunde auf dem Sonnendeck – im Bademantel?"

Der Herr hob als Antwort seine brennende Zigarette.

„Ja mei, es ist halt ein elendiges Laster", sagte er und führte den Filter an seine Lippen: „In meiner Kabine darf ich nicht rauchen, im Restaurant nicht, in der Bar nicht – Gott sei es gedankt, dass es noch ein Freideck gibt, wo man nach Herzenslust stänkern kann!"

Mit dem Kopf nickend, zog sich nun auch Kapitän Dahland ein Päckchen aus der Brusttasche, fischte das Feuerzeug aus der Uniformhosentasche und knipste das Feuer an. Beide blickten über den Fluss und in den Himmel, der wie eine rabenschwarze Gardine alles überspannte. Der Fährsteg von Schöna wippte leicht, so schien es den beiden Herren. Und es war ihnen auch, als würde ein Biber oder ein anderes nass glänzendes wildes Wesen über die Plattform robben.

„Was könnte das sein? Ein seltenes Tier?", fragte Dahland.

„Vielleicht ist es ja der Mörder", entgegnete der andere – und lachte laut.

„Na, ich verbuche das mal unter Schwarzem Humor", sagte der Kapitän: „Denn der Mord an Bord, auf den Sie anspielen, der bereitet mir eine ganze Menge Ärger! Die Polizei will uns so lange zwangsweise ankern lassen, bis der Täter überführt ist! Und augenblicklich ist die Hauptverdächtige spurlos verschwunden! Das kostet die Reederei Tausende!"

„Man erzählt sich unter den Passagieren, diese alte Dame mit dem riesigen Sonnenhut und dem unüberhörbaren Dresdner Dialekt sei es gewesen", sagte der Herr im Bademantel und bemühte sich dabei um einen unverbindlichen Plauderton.

„Nun, ich kann Ihnen auch nicht mehr verraten", gestand der Kapitän ein: „Die Ermittlungen führt das Prager Kommissariat. Ich selbst habe nur mitbekommen, dass diese eigenartige Kreuzwortkönigin entwischen konnte. Haben Sie vielleicht während ihrer Raucherpause etwas bemerkt?"

„Nein“, log der Bayer: „Ich war in der letzten Stunde der einzige hier oben – jedenfalls, bis dieser Schlagerheini ins Wasser gefallen ist.“

„Sie mögen wohl keine Unterhaltungsmusik?“, fragte Dahland, um das Thema ein wenig zu variieren.

„Ich produziere sie!“, sagte der Mann trocken und lachte grunzend: „Vielleicht haben Sie schon einmal von Alois Zinker gehört. Das bin ich, wenn Sie gestatten!“

„Und dann mögen Sie Ihre eigene Musik nicht?“, sagte Dahland mit erstaunter Neugier.

„Ich wollte immer balladeske Rockmusik produzieren“, sagte Zinker: „Aber mit Humstata und Trallala ließ sich einfach sehr viel schneller viel mehr Geld verdienen – das ist doch bis heute so. Wäre Bobby Silber im Westen gewesen – ich hätte ihn zwischen Flensburg und Oberstdorf zum Star gemacht. Aber hier im Osten war er wohl auch eine ganz ordentliche Nummer, damals?“

„Alles, was ich weiß, weiß ich nur vom Hörensagen. Ich bin Holländer“, sagte Dahland.

„Ja, jetzt wo sie es erwähnen – die weiche, verwaschene Sprache, die kam mir von irgendwoher bekannt vor … äh … Heintje!“

„*Mama*! Ja, naja, der Heintje – der ist im Nachbarort groß geworden“, sagte der Kapitän: „Holland ist klein!“

„Singen Sie etwa auch?“, wollte der Musikproduzent wissen: „Ich meine, ein singender Kapitän, das hätte etwas!“

„Nein, nein! Wenn ich singe, dann nur, wenn die Kühlschranktür zu ist!“, antwortete Dahland und lachte.

„Das verstehe ich nicht – warum singen Sie nicht bei geöffnetem Kühlschrank?“, fragte der Musikproduzent irritiert.

„Meine Frau meint, ich singe so schief, dass die Kaffeesahne sauer wird und die Mortadella verdirbt!“

„Gar keine so schlechten Voraussetzungen, es vielleicht doch einmal mit einer Schlagerkarriere zu versuchen“, sagte

Alois Zinker mit ernster Miene: „Glauben Sie mir, ich weiß wovon ich rede! Die wenigsten von den Schnulzenpromis können einen Ton halten!"

„Na, wenn mich die Reederei nach dieser Mordsfahrt raus schmeißt, kann ich mich ja mal bei Ihnen melden", sagte Dahland und versuchte seine Bemerkung mit einem Schmunzeln als Scherz zu verkaufen.

„Tun Sie das – ich habe bestimmt ein paar schmissige Seemannslieder für Sie in der Schublade liegen." Der Musikproduzent lächelte vielsagend.

Beide Herren hatten ihre Zigarette aufgeraucht und schnippten die wie kleine Drachenaugen glühenden Filterstumpen ins Wasser, wo sie augenblicklich erloschen.

In der Zwischenzeit hatte der Erste Offizier dem gänzlich erschöpften Bobby Silber die nassen, schweren Kleider ausgezogen, ihn in die trockenen Decken gemummelt und quer übers Sonnendeck zur Kapitänsbrücke gezerrt. Drinnen hievte er den wieder fest in den Schlaf versunkenen Künstler auf eine harte hölzerne Sitzbank, flößte ihm vorsichtig einige Tropfen eines frisch aufgebrühten Pfefferminztees ein und gurtete ihn zur Sicherheit an der Liege fest.

„Gute Nacht, Bobby!", grummelte der Erste Offizier und begab sich zurück in seine eigene Kabine, um dort noch ein paar Stunden Schlaf finden zu können.

Auch der Kapitän und der Musikproduzent hatten das Sonnendeck verlassen und verabschiedeten sich mit einem kräftigen Händedruck voneinander.

Endlich lag das Kreuzschiff still und schlafend auf dem Fluss. Das Polizeibeiboot wogte gemütlich gegen die Außenwand.

KAPITEL 11

Der Morgen nach dem Mord

Ilses klitschnasse Kleider trockneten über einem kleinen gusseisernen Kanonenofen. Eine alte Wäscheleine durchzog den Fährschuppen. Die Witwe hatte sich auf einem Bündel alter Schiffstaue und Fischernetze ein leidlich bequemes Lager gebaut. Mit Segeltuch und Planen schützte sie sich gegen die Kühle des Morgens. Die Heizkraft des Ofens hatte nachgelassen. Mit getrocknetem Schwemmholz und Überresten einiger alter Briketts aus dem Schuppendurcheinander war ihr ein kleines Feuerchen gelungen – die bitteren Nachkriegsjahre erwiesen sich auch diesmal als wunderbare Lehrjahre für den Überlebenskampf in der Wildnis. Sie erwachte aus ihrem kurzen, aber erquickendem Schlaf, als durch die dünne Bretterwand mehrfach das Schiffshorn ertönte.

„Wo bin ich", fragte Frau Bähnert verblüfft in die menschenleere Hütte, rieb sich die Augen und schaute sich um. Durch die Bretterritzen schimmerte das Sonnenlicht. Kleine Fliegen tanzten im Licht. „Noch hat mich keener entdeckt! Also, nischt wie weg von hier!"

Innerhalb eines Moments rappelte sich Frau Bähnert von ihrem Landstreicherlager hoch. Sie prüfte die Kleider an der Leine und schnupperte vorsichtig daran.

„Na ja, riecht wie VEB Petrolchemie, abor wenigstens sind de Lumpen trocken geworden", sagte sie und zog sich eilig an.

Noch einmal hupte das Schiff. Frau Bähnert machte ihre Ohren spitz.

„Will der Kahn jetzt etwa doch weiterfahrn? Ohne mich? Wäre ja unerhört!"

Sie trat an die Bretterwand und linste mit dem rechten Auge, welches die bessere Sehkraft der beiden hatte, durch eine Ritze. Auf dem Sonnendeck erspähte sie eine Anzahl uniformierter Polizisten und andere Menschen, die einen offiziellen Eindruck erweckten.

„Die werden nach mir suchen, ha ha!", freute sie sich: „Abor der Kreuzer scheint immer noch fest verankert. Der is keen Meter vorwärts geruckt seit dor Nacht!"

Frau Bähnert suchte ihre restlichen Sieben Sachen zusammen, verstaute sie in der Handtasche. Da hinein legte sie auch den Schwimmfrosch, den sie als Beifang mit aus der Elbe gezogen hatte.

Die Tür des Fährschuppens lag von der Flussseite abgewandt. Mit ihrer Schulter drückte sie die morsche Pforte auf und schaute wie eine Katze in die Gegend, um zu sehen, ob die Luft rein war. Die Schönaer Fähre war bereits wieder besetzt, und der Fährmann wartete auf frühmorgendliche Fahrgäste.

„Da habsch aber mächtsch Dussel gehabt, dass dor Fährkapitän die Rauchwolke nicht gesehn hat aus dor Esse ohm raus", befand Frau Bähnert erleichtert und huschte aus der kleinen Baracke hinaus, lief gebückt in der Deckung einiger Büsche in Richtung Bahnhofsgelände.

„Ich muss so schnell wie möglich een Zug nach Dresden erwischen", murmelte sie vor sich hin: „Ich brauche Belege für meine Unschuld! Nischt wie zurück nach Hause!"

Wie eine Partisanin im Kampf für das Gute rannte sie weiter. Doch die rot leuchtende Kunstledertasche wirkte wie ein Signallicht. Etwa fünfhundert Meter bevor sie den Bahnsteig erreichte, dröhnte ein Helikopter hinter ihr am Himmel. Unaufhaltsam wie eine Welle näherte sich der Hubschrauber. Gehetzt blickte Frau Bähnert hinter sich.

„Keene zwee Minuten – und die ham mich!", keuchte sie.

Tatsächlich flog der Helikopter dicht am deutschen Flussufer entlang. Frau Bähnert merkte, wie ausweglos ihre Flucht jetzt wurde. Sie spürte förmlich den Wind der Rotorblätter im Rücken. Über ihr ertönte eine Megafonstimme.

„Bleiben Sie bitte stehen! Hier spricht die deutsche Polizei!", rief ein Mann mit strengem Ton: „Jeglicher Fluchtversuch ist zwecklos!"

Frau Bähnert folgte der Anweisung. Sie blieb stehen, hob beide Hände hoch, ergab sich vorbildlich wie im Lehrfilm auf der Polizeischule und schaute grimmig nach oben in Richtung des Helikopters. Irgendwoher glaubte sie den schlanken Herrn zu kennen, der in einen hellen, langen Mantel gekleidet war und das Megafon wie eine Pokaltrophäe in der Hand hielt.

„Es hat keinen Zweck, Frau Bähnert! Legen Sie sich flach auf den Boden!", erneuerte der Herr aus dem Polizeihubschrauber seine Ansage.

„Reicht ja wohl, wenn ich meine beeden Pfoten hoch strecke!", maulte Frau Bähnert halblaut in den Lärm des Fluggerätes und rief hinterher: „Ich habs im Kreuze, Sie Fläz!"

Wie eine ertappte Diebin blieb die Witwe stehen, die Hände in den Nacken gelegt, die Knie halb eingeknickt. Ein paar dutzend Meter entfernt setzte der kleine Helikopter zur Landung an. Die Haare und die Kleider plusterten auf. Staub wehte der tapferen Frau in die Augen. Ihr rannen Tränen über die Wangen.

„Ich habe doch nischt gemacht!", jammerte sie, fast winselnd: „Ich bin eene harmlose Rentnerin, verwitwet und obendrein betrogen!"

In geduckter Haltung rannte der Herr mit dem Megafon unter den sich langsamer drehenden Rotorblättern hindurch zu Frau Bähnert. Er hielt die Handschellen schon bereit.

„Wir kennen uns, nicht wahr!", sagte der ranke Mann mit kräftiger Stimme: „Kriminalhauptkommissar Bücklich-Bömmler!"

„Ach, dor Böckmich-Bimmler!", gab Frau Bähnert hämisch zurück: „Ich hätte gedacht, dass Sie längst Polizeipräsident sind!"

„Wären Sie damals mit ihren eigenmächtigen Ermittlungen im Fall Dr. Nu nicht gewesen, dann wäre ich es auch geworden", sagte Bücklich-Bömmler in seiner gestelzten, unverändert überheblichen Art und nahm Frau Bähnert gefangen, indem er ihr ohne Gnade und Rücksicht die Schellen um die dünnen Handgelenke legte: „Sie haben mich damals unmöglich gemacht! Eine Rentnerin blamiert den ermittelnden Hauptkommissar! Das hat meiner Karriere sehr geschadet. Kommen Sie!"

Barsch riss der gedemütigte Polizeiermittler die zierliche Dame an sich und führte sie ab. Einige Passanten schauten ängstlich dem Schauspiel zu und schüttelten ungläubig darüber den Kopf, dass ein Hüne von Mann eine hilflose alte Frau wie einen Terroristen in einen Hubschrauber der sächsischen Polizei schiebt. Wehrlos ließ Frau Bähnert die Prozedur über sich ergehen. Widerstand erschien ihr an dieser Stelle und gegen diesen Mann zwecklos.

„Was haben Sie mit mir vor?", fragte sie schmallippig, während der Pilot die Maschine startete und langsam abhob: „Wolln Sie mich einkerkern?"

„Warten Sie es ab, Frau Bähnert", sagte Hauptkommissar Bücklich-Bömmler: „Wir haben keinen weiten Weg!"

Tatsächlich stieg der Helikopter nur wenige Meter in die Höhe, drehte eine Runde über der Elbe – vom deutschen zum tschechischen Ufer und setzte zur Landung auf dem Sonnendeck an. Dank seiner geringen Größe passte er ohne Mühe auf den hinteren, frei geräumten Teil des Flusskreuzers. In gebührendem Abstand standen bereits Kapitän Dahland, Kommissar Karel und Kommissar Strietzel Spalier. Ihre Mienen waren zu düsteren Faltengebirgen verzogen. Frau Bähnert wagte es nicht, auch nur einem der drei Herrn in die Augen zu schauen. Fast stieß Bücklich-Bömmler die störrische Witwe aus dem Hubschrauber heraus. Er ließ es an Zuvorkommenheit fehlen und packte sie grob und ohne Feingefühl mit der rechten Hand an ihrem linken Oberarm und zog sie zu den wartenden Männern.

„Hier! Da haben Sie ihre Ausreißerin!", sagte er genüsslich

in Richtung des tschechischen Kommissars. „Vielen Dank, Kollega, für grenzüberschreitende Unterstützung!“, antwortete Kommissar Karel militärisch knapp.

„Und Sie Strietzel“, sagte Bücklich-Bömmler zu seinem Untergebenen: „Sie haben ab sofort keinen Urlaub mehr! Sie unterstützen jetzt offiziell unsere Prager Kollegen! Kein Fraternisieren mit dieser Person Bähnert! Sie ist die Hauptverdächtige! Und Sie sind ein Polizist – und kein Anwalt!“

Während er das sagte, rüttelte Bücklich-Bömmler an Frau Bähnert herum wie an einem Apfelbäumchen, das seiner Früchte entledigt werden soll. Der dickliche Strietzel senkte den Kopf und murmelte etwas in seinen stattlichen Schnauzbart, was aber keiner genau verstand. Bücklich-Bömmler fragte nicht weiter nach, legte mit gespielter Akkuratesse die flache Hand zum militärischen Gruß an die Schläfe und kletterte zurück in den Hubschrauber, der dröhnend abhob und in Richtung Dresden durchs Elbtal davonflog.

Allein, inmitten der Männer, wirkte Frau Bähnert furchtbar bemitleidenswert. Allein und hilflos wie ein aus dem Nest gefallenes Vogeljunges schaute sie sich um. Ihre Handtasche stellte sie vor sich ab. Noch waren ihre beiden Arme durch die Handschelle vorn zusammengebunden.

„Frau Bähnert, ich weiß nicht, was Sie sich dabei gedacht haben!“, sagte Kommissar Strietzel in das Schweigen der Männer hinein: „Ich unterbreche meinen Urlaub, um Ihnen privat aus der Patsche zu helfen. Aber Sie haben nichts Besseres zu tun, als sich nachts heimlich davon zu stehlen und auch noch auf waghalsige Weise das Schiff zu verlassen!“

„Der Kommissar hat recht“, pflichtete Kapitän Dahland mit heißerer Stimme bei: „Nicht genug, dass an Bord meines Schiffes ein Mensch gewaltsam den Tod fand! Mit ihrem leichtsinnigen Verhalten haben Sie sich in allergrößte Gefahr gebracht!“

„Ja, ich weeß, meine Herrn“, unterbrach Ilse Bähnert die

Standpauke: „Ich habe mich aus dem Staub gemacht – und das hat meine verzwickte Situation nicht grade besser gemacht!"

„*Ano!* Richtig! Sie sagen es, Frau Bähnertová", warf der tschechische Kommissar ein: „Was glauben Sie, bitteschön, soll ich davon halten, wenn verdächtige Person sich Gewahrsam von Polizei entzieht – und Kreuzschiff in Nacht- und Nebelaktion verlässt?"

Frau Bähnert schwieg und begann nach einer Lösung zu suchen. Die Sonne stand bereits weit über den Elbhängen und über den Felsspitzen des Gebirges. Es wehte kaum Wind und von den beiden Ufern drangen sanfte Möwenrufe an Bord. Alles in der Natur wirkte heiter und fröhlich.

„Darf ich Ihnen mal eenen Vorschlag machen?", fragte die Witwe und setzte ein Lächeln auf.

„Ich höre", sagte Kommissar Karel.

„Da bin ich jetzt aber auch gespannt, Frau Bähnert", ergänzte Kommissar Strietzel.

„Vielleicht legen Sie ja ein Geständnis ab – dann können wir die Reise noch heute fortsetzen", sagte Kapitän Dahland, und er klang dabei sehr hoffnungsvoll, mit einem gewissen Nachdruck in der Stimme.

„Nee, mein lieber Kapitän – een Geständnis werden Sie von mir kaum kriegen!", schmetterte Ilse zurück: „Was ich nicht gemacht habe, kann ich nicht gestehen!"

„Da hat sie recht", verteidigte Kommissar Strietzel seine alte Bekannte.

„Aber spricht vieles dafür, dass Sie mit Straftat zu tun haben", brummte Karel und drehte sich zu dem Blechhäuschen auf dem Sonnendeck um, aus dem gerade Honza heraus stiefelte und noch immer nicht ausgeschlafen schien.

„Mein Vorschlag lautet", hob Frau Bähnert an und drehte die Stimmlage nach oben: „Sie geben mir eenen Tag und eene Nacht hier an Bord – und ich sage Ihnen, wer der Mörder oder die Mörderin war! Sie müssen mir nur die Schnapp-Achte hier abmachen!"

Sie hob die Arme und klapperte mit den Handschellen. Dann schaute sie erwartungsvoll zu den Herren. Karel, den Prager Kommissar, nahm sie dabei besonders fest ins Visier. Ihm oblag es als Einsatzleiter, diesem Wunsch stattzugeben. Strietzel machte ein Gesicht, als wäre es ihm egal. Der Kapitän wirkte nervös und angespannt, weil er so mindestens noch einmal 24 Stunden tatenlos auf dem Fluss verharren musste. Karel strich sich mit der Pranke durch das wuschlige Haar.

„Bin kein Unmensch!", sagte er knapp: „Ich weiß nicht, was für ein Teufel mich reitet: Aber ich gebe Ihnen Zeit! Wir nehmen jetzt Handschellen ab – und werden ersetzen sie durch elektrische Fesseln an Fuß!"

„Fußfesseln?", entfuhr es Ilse Bähnert erschrocken: „Da kann ich ja gar nich mehr loofen!"

„Ich erkläre es Ihnen", beruhigte Kommissar Strietzel: „Die elektronische Fußfessel ist etwa so groß wie eine Armbanduhr – nur dass Sie das Gerät nicht an der Hand, sondern um den Fußknöchel tragen!"

„Und was bringt Ihnen das?", fragte Frau Bähnert.

„Wir können Sie mit Hilfe von Empfänger orten", sagte der tschechische Kommissar: „Sobald Sie einen Fuß außerhalb von Schiff setzen, sind wir da – und dann keine Sonderwünschen mehr!"

Frau Bähnert überlegte kurz, dann schien sie Gefallen an der Idee zu finden.

„Binden Se mich los, meine Herrn!", befahl sie: „Und dann her mit dem Fußkettchen!"

Kommissar Karel schickte seinen Helfer Honza zum Polizeiboot. Nach wenigen Augenblicken kam er mit einem schwarzen Plasteband zurück, auf dem ein kleines Kunststoffkästchen angebracht war, so groß wie eine Streichholzschachtel. Karel ließ sich das Utensil geben, ging zu Frau Bähnert, erlöste sie von ihren Handschellen. Bücklich-Bömmler hatte den Schlüssel dafür freundlicherweise an Bord gelassen. Dann kniete sich Karel vor die Witwe, schlang ihr das Plasteband um das Fußgelenk und verplombte die Fessel.

„Wir wissen jederzeit, wo Sie sind“, sagte er streng: „Keine Tricks! Nutzen Sie Ihre Chance!“

„Spätstens in 24 Stunden haben Sie ihren Übeltäter! Und ich kann dann hoffentlich ganz in Ruhe diese Flusskreuzfahrt fortsetzen“, dozierte Frau Bähnert.

Kapitän Dahland nickte beiläufig und schaute skeptisch auf den rechten Fuß Frau Bähnerts, über dem die Elektronikfessel prangte. Er schien der Technik nicht recht zu vertrauen. Ungeduldig holte er seine Taschenuhr hervor und gab allen die Zeit bekannt.

„Es ist jetzt halb Elf“, teilte er mit, „Morgen um diese Zeit wissen wir also entweder mehr – und ich kann meinen Dampfer wieder auf Fahrt schicken. Oder… äh … aber daran will ich jetzt gar nicht denken!“

„Zeit läuft, Frau Bähnertová“, sagte Kommissar Karel.

„Viel Glück, Ilse“, sagte Kommissar Strietzel: „Jetzt müssen Sie allein unter Beweis stellen, dass Sie es nicht waren.“

„Als ob Sie mir jemals geholfen hätten“, entfuhr es der Witwe, und sie schickte in einem etwas sanfteren Ton hinterher: „Mein lieber Herr Manfred, also: Kommissar Strietzel – ich weeß wie die Menschheit tickt. Nehmen Se sich in Acht! Mörder, ahoi!“

Sie massierte sich die Handgelenke, die von den Schellen noch schmerzten und brannten wie mit Nesseln eingerieben. Dann schritt sie an der Herrenrunde vorbei und steuerte das Bordrestaurant *Tannhäuser* an, wo das Frühstück in vollem Gang war. Kommissar Karel beobachtete inzwischen auf einem handygroßen Empfangsgerät, wie sich ein kleiner, leuchtender grüner Punkt über das Display bewegte. Es war Frau Bähnert mit ihrer elektronischen Fußfessel.

KAPITEL 12

Dem Frosch auf der Spur

Strahlende Sonne durchflutete das Bordrestaurant *Tannhäuser* auf dem Hauptdeck. Es duftete nach gebratenem Frühstücksspeck, nach ofenfrischen Semmeln, nach geräucherten Knackwürsten und aromatischer Mehrfruchtmarmelade. Frau Bähnert steuerte ohne Umschweife das üppige und appetitlich hergerichtete Buffet an.

„Ich habe een Knast wie zehn hungernde Russen“, sagte sie und versuchte sich in der Schlange ein wenig nach vorn zu drängeln: „Sie müssen entschuldschen – aber Sie werden einer alten, gehbehinderten Dame doch wohl den Vortritt gewähren, junger Mann!“

Der verdutzte Herr ließ Frau Bähnert vorbei. Auf dem Schiff war sie inzwischen keine Unbekannte mehr. Einem Gutteil der Passagiere war die eigenartige Alte schon beim Einchecken aufgefallen. Auch dass sie im Verdacht stand, etwas mit dem Mord zu tun zu haben, hatte sich bei einigen herumgesprochen, obwohl es bei einem vagen Gerücht blieb. In der Schlange am Buffet zog Frau Bähnert nunmehr einige Aufmerksamkeit auf sich. Hier und dort an den Tischen wurde getuschelt. Einige rümpften auch die Nase, weil sich Ilses Kleider nach dem gescheiterten Fluchtversuch nicht mehr in bester Ordnung befanden. Frau Bähnert genoss indes den Augenblick, im Mittelpunkt zu stehen.

„Ooch, das sieht aber leckerfetzsch aus“, lobte Ilse lautstark die Speisen auf dem langen, weiß eingedeckten Tisch entlang der Küchenzeile. Sie sprach die Küchenhelfer mit schleckender Zunge an: „Ob Sie mir vielleicht eene bissel dickere Scheibe von dor Sahneleberwurst abschneiden können! Ich liebe Sahneleberwurst! Ja, ruhig noch een bissel mehr dadorvon!“

Drei bis zum Rand gefüllte Porzellanteller mit Leberwurst- und Salamischeiben, Rührei, Schinken, Semmeln, Butterstückchen, roten Weintrauben und Marmeladenschälchen balancierte sie quer durchs Restaurant, um einen der eben frei gewordenen Fensterplätze zu ergattern.

„Vorsicht, meine Damen und Herrn“, rief sie sirenenartig: „Heeß und fettsch, ha ha!“

Sie setzte die warmen Teller ab und kehrte zwei weitere Male zum Buffet zurück, um sich mit Bohnenkaffee, Orangenjuice und Haferflocken einzudecken. Die Tischnachbarn amüsierten sich bereits und fragten einander schmunzelnd, wen wohl die alte Dame noch als Gäste erwarte. Ihre Speisen nahmen bereits den gesamten Vierertisch ein. Frau Bähnert setzte sich mit einem deutlich hörbaren Knurren im Magen nieder, rollte die Stoffserviette über ihrem Schoß aus und begann inbrünstig zu schnabulieren und zu tafeln wie eine barocke sächsische Fürstin am Hofe der Dresdner Residenz.

„So gut habsch lange nicht mehr gegessen!“, sagte sie. Ilse kaute dabei und blickte glücklich in die Runde der teilweise recht pikiert wirkenden Gäste: „Ich hab seit 24 Stunden nischt gefress… äh … keinen Bissen zu mir genommen! Da wird man ja mal een bissel zulangen dürfen!“

Eine halbe Stunde aß und trank die Witwe, ohne eine einzige Pause einzulegen. Drei Tassen Bohnenkaffee, vier Gläser Orangensaft und vier Doppelsemmeln mit Leberwurst boten ihr endlich die Grundlage, sich wie ein normaler und zivilisierter Mensch zu fühlen. Ein Steward räumte den Tisch ab. Ilse Bähnert holte Bleistift und Notizblock aus ihrer Tasche und ordnete ihre Erkenntnisse. Untereinander schrieb sie folgende Begriffe:

Mord
Bügeleisen
Frosch
Diverse Fundstücke
Motiv

Das Wort „Motiv“ kringelte sie mit einem Kreis ein, denn das war wie bei jedem Mord die Hauptfrage und der Schlüssel, um das Rätsel um den wirklichen Mörder zu knacken.

„Wer hat der alten Schmargen eens auswischen wollen?“, murmelte Frau Bähnert, wendete ihren Blick zum Fenster und schaute auf die sonnigen Flusshänge, wo das Grün der Buchen, Birken und Kastanien malerisch schimmerte.

Wiederum nahm Ilse Bähnert den Bleistift und schrieb alle Namen untereinander, die aus ihrer Sicht für die Tat in Frage kamen. Selbstlos notierte sie sich an oberster Stelle.

Ilse Bähnert
Bobby Silber
Ingo Schmarge
Alois Zinker
Erster Offizier
Kapitän Dahland
Ein anderes Crewmitglied
Ein anderer Passagier

Die Polizisten schloss sie aus, weil alle nachweislich erst nach der Tat an Bord gekommen waren. Ihren Namen strich Ilse zuerst durch. Ihr Motiv für einen Mord wäre zwar vorhanden – Rache.

„Aber ich wars ja nicht. Das jedenfalls weeß ich genau, so wahr ich Bähnert heeße“, sagte sie gedankenverloren: „Nur, wer war es dann?“

Die alte Frau schob das Ende des Bleistifts zwischen ihre Lippen und drehte das Schreibgerät hin und her, als hätte sie eine Spitzmaschine zwischen den Zähnen. Ihre Hirnströme begannen Fahrt aufzunehmen.

„Vielleicht sollte ich eene unbeteiligte Person um Rat fragen!“, schoss es Ilse durch den Kopf: „Wer könnte das sein?“

Sie kritzelte Phantasiefiguren auf ihr Notizblatt, und inmitten dieses sinnlosen Zeitvertreibs kam ihr die Erleuchtung.

„De Traudel! Ich rufe Sie an!“

Ein Handy besaß Frau Bähnert nicht. Sie vertraute auf die Telefonkommunikation mittels altmodischer Münzfernsprecher. Ihr ganzes Leben lang schon war sie damit gut bedient gewesen. Suchend blickte sie sich im Restaurant um, konnte jedoch kein öffentliches Telefon entdecken. Sie rief nach dem Steward.

„Junger Mann, sagen Sie mal, gibt's hier off dem Kreuzer etwa keene Münzsprechanlage?"

Der Herr mit weißem Hemd und schwarzer Hose verstand zunächst nicht, was die ältere Dame von ihm wollte. Sie wurde deutlicher – und lauter.

„Ich brauche ein Te-le-fon! Een Fern-sprech-apparat!"

Verdutzt zuckte der Bordkellner zusammen.

„Entschuldigen Sie, verehrte Dame! Draußen in der Lobby gibt es, wonach Sie suchen! Eine Telefonkarte haben Sie?"

„Nee, habsch nicht!", antworte Frau Bähnert barsch: „Wenn Sie so freundlich wärn, mir eene zu besorgen!"

Der Bedienstete zog seinen Kopf zwischen die Schultern und schlich sich davon zur Rezeption. Nach einer Weile kam er zurück und überreichte Frau Bähnert die Plastikkarte.

„Bitteschön, wir berechnen die Telefonkosten auf Ihre Zimmernummer!", sagte der Herr beflissen und beeilte sich, wieder davonzukommen, um keinen Streit mit der Dame zu riskieren.

Zufrieden räumte Ilse Bähnert ihre Utensilien vom Tisch und ging zum Telefon, wählte umständlich Traudels Nummer und hoffte darauf, dass sie zu Hause war. Traudel hob ab.

„Ederberg!", erklang es knapp aus dem Hörer.

„Passe mal off, meine liebe Traudel – ich stecke in dor Klemme!", eröffnete Frau Bähnert unvermittelt das Gespräch: „Abor stelle keene dummen Fragen! Du sollst mir nur een bissel off de Sprünge helfen!"

„Ilse!", antwortete Traudel Ederberg in einer Mischung aus Überraschung und Erstaunen: „Wie gefällt es Dir denn auf der

Kreuzfahrt? Habt Ihr Tetschen und Aussig schon passiert?"

„Genau das meene ich", unterbrach Ilse: „Keene Fragen, Traudel! Hier ist een Mord an Bord passiert – und ich muss den jetze offklärn – also passe off!"

„Was – ein Mord? Ich glaube es nicht! Wo kann man denn überhaupt noch sicher sein?", fragte Traudel eingeschüchtert.

„Eine Berlinerin ist getötet worden!", sagte Frau Bähnert trocken.

„Das erklärt einiges", entgegnete Traudel.

„Aber es fehlt ein tiefergehendes Motiv! Es gibt aus meiner Sicht mehrere Verdächtige!"

„Moment, Ilse! Wie ist denn die arme Frau ums Leben gekommen?"

„Wahrscheinlich hat die dor Mörder mit einem Reisebügeleisen erschlagen. Dann ist sie in den Swimmingpool auf dem Sonnendeck geschubst worden. Oder aber selber hineingestolpert – und dadornach ersoffen!"

„Ich tippe auf eine Frau als Täterin!", sagte Traudel ohne längere Denkpause.

„Eene Frau! Eene Mörderin? Sage es nicht, Traudel!", konterte Ilse. Sie ersparte sich jedoch, ihrer Freundin am Telefon die ganze Wahrheit mit all den verzwickten Einzelheiten zu beichten und fragte interessiert: „Wie kommst Du denn dadordroff?"

„Ganz einfach: Ein Mann würde ein Bügeleisen nie in die Hand nehmen!"

„So habe ich das noch gar nicht betrachtet", meinte Frau Bähnert und begann nachzudenken: „Das heeßt, wenn dor Mörder aber doch e Mann war, dann hat er das Bügeleisen ganz listig als e Ablenkungsmanöver eingesetzt!"

„Das könnte natürlich auch zutreffen, Ilse."

„Du führst mich da off eene sehr interessante Spur, liebe Traudel! Een Mann, e Schuft, will sich als Mörderin ausgeben – und versucht alles zu tun, um als Frau erkannt zu werden!"

„Ilse, das wird mir jetzt ein wenig zu diffus!“, warf Traudel ein: „Außerdem glaube ich, Du treibst wieder einen Deiner bösen Scherze mit mir: Ein Mord! Auf einem Elbkreuzschiff! Bei uns in Sachsen! Ilse, nimm mich nicht auf den Arm! Auf Wiederhören!“ Traudel legte unvermittelt auf.

„So eene ungezogene Art! Das hätte ich meiner Traudel jetzt nicht zugetraut!“, sagte Frau Bähnert perplex und legte ihrerseits den Hörer zurück in die Gabel: „Aber ich habe eenen äußerst hilfreichen Hinweis bekommen!“

Mit ihrer Tasche schlenderte Frau Bähnert pfeifend und vergnügt zurück ins Bordrestaurant *Tannhäuser*. Immer noch war ordentlich Betrieb am Buffet. Die Frühstückszeit zog sich über drei Stunden hin, und manche Passagiere krochen erst sehr spät aus den Kabinenfedern. Auch Bobby Silber, die Kommissare Strietzel und Karel, dessen Helfer Honza und Ingo Schmarge hatten sich in die Schlange am Buffet eingereiht – jeder missmutig vor sich hin starrend, einen leeren Teller und das Besteck in der Hand haltend. In Bobby Silbers zitternden Fingern klirrten Messer und Gabel, als würde das Schiff von einem Seebeben erschüttert. Frau Bähnert nickte mit einem eisigen Lächeln zu den Herren hinüber, die ihren Gruß ebenso leidenschaftslos erwiderten. Am Fenster wurde ein Eckplatz frei. Frau Bähnert nutzte die Gelegenheit. Sie stürmte hin, setzte sich und breitete ihre Unterlagen und Hilfsmittel aus – den Notizblock, den Bleistift, einen Radiergummi, eine Lupe und ebenso den aufblasbaren Schwimmring in Form eines Frosches – jenes zufällige Fundstück vom Fähranleger Schöna. Das PVC-Tier legte sie als eine Art Tischdecke auf die Platte. Frau Bähnert saß so, dass sie vor den Blicken der anderen Reisenden weitgehend geschützt war und endlich einmal Ruhe zum Arbeiten hatte.

„Ich fasse zusammen: Jemand hat mich beobachtet, als ich in die Kabine von dor Schmargen rein bin, um nach eenem Bügeleisen zu suchen! Wer hat mich beobachtet? Dor Schlager-Bobby!“ Ilse reihte eine Erkenntnis an die andere. Ihr schien ein Licht aufzugehen: „Jetzt nehme ich mal an und spekuliere: Bobby Silber sieht mich – schleicht dann, als ich raus bin, selber in die Kabine, maust sich das Bügeleisen, erschlägt dadormit die Alte aus Preußen, beschuldigt mich später bei dor Polizei des Einbruchs – und lenkt jeden Verdacht von sich ab!“

Einen Schwall Luft durch die halb geöffneten Lippen ausstoßend, lehnte sich Ilse Bähnert zurück und drehte nervös den Bleistift zwischen ihren Fingern. Die Geschichte klang für sie einigermaßen plausibel. Aber irgendetwas schien ihr daran nicht zu gefallen.

„Dor Bobby Silber als Witwentöter?“, flüsterte sie geheimnisvoll: „Das wäre natürlich eene ungeheuerliche Schlagzeile! Aber gab es nicht ooch mal das Lied von dem? Wie hießen das noch mal? Äh … *Für diese Liebe würd ich sterben, für diese Liebe töte ich.*“

Frau Bähnert überkam ein beängstigender Verdacht.

„Bobby Silber – dor Ladykiller!“, sagte sie tonlos: „Da würde der Begriff eene ganz neue Bedeutung bekommen!“

Sie strichelte hinter den Namen des Schlagerkünstlers drei Kreuze.

„Mehr als verdächtig!“, kommentierte sie ihre Markierung.

Sie klopfte mit der Bleistiftmine auf das Papier und reihte Punkt an Punkt, bis eine ansehnliche graue Wolke auf dem Blatt zu sehen war, als hätte jemand Pfeffer darüber gemahlen.

„Sieht fast een bissel aus wie son Orakel!“, stellte sie mit Blick auf ihr Zufalls-Ornament fest: „Das Bähnertsche Orakel, ha ha. Ich könnte es befragen! Ooch wenn es natürlich streng genommen unwissenschaftlich ist!“

Sie hielt beschwörend ihre beiden Hände über das Papier des Notizblattes. Dann kniff die Dame ihre Augen zusammen und beschwor die Bleistiftkritzelei mit einigen unverständlichen Formeln, die ein wenig nach Simsalabim und Hokuspokus klangen. Neben ihr erschien der Steward und machte ein beunruhigtes Gesicht.

„Meine Dame! Kann ich Ihnen helfen?“, fragte er höflich.

Frau Bähnert schien sich gerade in eine Art Trancezustand hineingearbeitet zu haben. Sie summte und brummte, dass ihr gesamter Körper vibrierte wie die Motorhaube eines tuckernden Autos. Ihre Augen waren auf papierdünne Schlitze verengt. Sie ließ ihren Oberkörper nach vorn in Richtung Tischplatte fallen, fing sich im letzten Augenblick und bog sich wieder zurück, als hätte ein Schamane die Oberhand über sie gewonnen.

„Ommmm“, fuhr es aus ihr heraus.

Der nervöse Kellner schaute sich hilfesuchend um, dann beugte er sich zu Frau Bähnert. Er versuchte, sie durch sanftes Rütteln und Schütteln in den Wachzustand zurückzuholen.

„Hallo, verehrte Dame! Können Sie mich verstehen?“, fragte er vorsichtig.

„Ich höre Sie“, sagte Ilse Bähnert wie aus einer fernen Welt: „Sie sind es!“

„Wie bitte“, fragte der Schiffssteward staunend: „Wer bin ich?“

„Sie sind der Mörder! Ich erkenne Sie!“

„Sie sind ja verrückt!“, stieß der junge Kellner hervor, um sich sofort bei seinem Gast zu entschuldigen: „Verzeihung, tut mir leid! Ich hole umgehend einen Arzt!“

Noch ehe der Mann seinen Satz beendet hatte, fand Frau Bähnert wieder zurück ins Hier und Jetzt. Sie drückte die Handflächen fest gegeneinander. Sie blickte auf das Blatt mit der gepunkteten Orakelwolke. Dann wendete sie sich dem Steward zu.

„Was wollen Sie?“, fragte sie verwundert. Ilse Bähnert schaute den armen Kerl dabei an, als wäre er gerade vom Himmel herabgefallen: „Ich habe nicht nach Ihnen gerufen!“

Der Herr räusperte sich verlegen, nahm seinen Arm von der

Schulter Frau Bähnerts und legte seine Hände säuberlich an seine Hosennaht.

„Verzeihen Sie, aber Sie haben eben so seltsame Sachen von sich gegeben!“, sagte er in einem zurückhaltenden Ton.

„Junger Mann! Ich hab eine Séance gehalten, falls Ihnen das etwas sagt!“, entgegnete Frau Bähnert mit gespitzten Lippen, um besonders vornehm zu wirken: „Ich bin auf dor Suche nach eenem Mörder!“

„Verzeihung! Aber gehören zu einer Séance nicht mehrere Personen?“, fragte der Steward.

„Nu, Sie warn doch grad dodorbei. Sie warn mein Medium!“, behauptete Ilse.

„Ihr Medium? Haben Sie etwas entdecken können?“, fragte er neugierig, mit errötenden Wangen.

„Ich habe etwas gesehen – aber ich kann es noch nicht einordnen“, gab Ilse mit fachkundig klingendem Ton zurück: „Sehen Sie diese Punktewolke auf diesem Blatt Papier?“

Mit dem Finger zeigte sie auf das Blatt mit den Namen der Verdächtigen und mit den Kritzeleien.

„Ja, ich sehe es – sieht aus, wie von einem kleinen Kind gemalt!“

„Hörn Se doch off! Das ist eine Figur, ein Symbol, das sozusagen aus meinem Unterbewusstsein naus an de Wirklichkeit gefunden hat“, sagte Ilse. Sie steigerte sich in ihre esoterische und spirituelle Theorie hinein: „Menschen mit besonderen Fähigkeiten, die könn in solchen Mustern etwas erkennen, direkt dadordrin!“

„Und Sie gehören zu solchen außergewöhnlichen Menschen?“, fragte der Steward.

„Sie sagen es, mein Herr! Ich habe das zweete Gesichte!“, gab Frau Bähnert stolz bekannt.

„Wenn ich Sie damit allein lassen darf!“, konterte der Kellner: „Es ist mir eine Ehre, dass Sie weiterhin unser Gast sind!“

Der Steward verbeugte sich mit einem altmodisch wirkenden Diener und ließ Frau Bähnert allein an ihrem Tisch zurück. Sie hob die Hände an den Kopf und richtete ihre Haare. Dann kramte sie einen viereckigen Taschenspiegel hervor und kontrollierte ihr Gesicht. Im Spiegel entdeckte sie, hinter ihrem Rücken sitzend: Bobby Silber, vor ihm ein Teller mit Brötchen und Rührei. Er kauerte allein an einem Fensterplatz und warf eine Kopfschmerztablette in ein Glas Mineralwasser.

Kaum hatte sich die Pille sprudelnd aufgelöst, hob er das Trinkgefäß an seinen trockenen Mund und kippte den Inhalt ohne abzusetzen hinunter. Frau Bähnert drehte sich nicht um, sondern beobachtete den Schlagersänger weiter aus ihrer heimlichen Position heraus.

„So eene arme versoffene Kreatur!", sagte Ilse Bähnert: „Genau wie mein Herbert in seinen schlimmsten Zeiten, immer een Kater mit am Frühstückstische! Ob mein Herbert bei dor Schmargen ooch so gesoffen hat, wenn er bei der in Berlin war? Aber ohne Bier konnte der am Ende gar nischt mehr!"

Um bei ihrer Spiegelspionage nicht ertappt zu werden, holte sie einen Lippenstift aus der Handtasche und begann, ihre Schminke aufzufrischen. Bobby Silber griff nach einem Brötchen, nahm das Messer und versuchte das Backwerk in zwei Hälften zu teilen. Seine Hände hatten Mühe, Messer und Semmel festzuhalten. Er rutschte ab und schnitt sich in den linken Daumen. Blut lief auf die weiße Tischdecke. Bobby Silber schrie.

„Hilfe! Ich bin verletzt!", keifte er hysterisch und klappte ohnmächtig nach vorn auf den Essteller.

Ilse Bähnert erschrak, warf ihren Spiegel in die Handtasche, stand auf und eilte zu Silber. Andere Gäste folgten ihr besorgt. Der Steward kam mit einem Verbandspäckchen.

„Lassen Sie mich einmal sehen, bitte", forderte er die Gäste auf, die sich im Halbkreis um Silbers Tisch gestellt hatten.

Ilse Bähnert stand direkt neben Bobby und versuchte, ihn

mit einigen heftigen Knuffen aus seiner Bewusstlosigkeit zu erwecken. „Herr Silber“, flötete sie ihm direkt ins Ohr: „Hier ist das Vögelchen!“

Der Schlagersänger kam zu sich und schaute wie ein staunendes Kind auf die Umstehenden. Als er das Blut an seinem Daumen, an der Brotmesserklinge und auf der Tischdecke sah, klappte er wieder in sich zusammen.

„Der kann wohl kein Blut sehen, was!“, rief einer der Passagiere vorwitzig: „Hat man ja oft bei empfindsamen Künstlerseelen: Singen von Rambazamba, können aber keiner Fliege etwas zu Leide tun!“

„Meenen Sie wirklich“, fragte Frau Bähnert fast enttäuscht: „Dor Bobby Silber – eene eenzsche Memme!“

„Ich befürchte, dass es so ist“, brummte ein Herr. Es war Kapitän Dahland, der von seinem Frühstückstisch, an dem er mit den Kommissaren saß, herübergekommen war: „Bobby Silber ist ein Kind! Hier, ich habe etwas dabei. Halten Sie ihm das unter die Nase!“

Er holte aus der Uniformtasche eine kleine Ampulle, die er Frau Bähnert nach vorn reichte. Sie schraubte das Glasröhrchen auf, schnupperte selbst kurz daran, verzog ihre Miene zu einer Schreckensmaske und hielt es dem Schlagerbarden direkt unter sein Riechorgan.

„Schnüffeln Se mal ordentlich, Herr Silber“, sagte sie wie eine Mutter zu ihrem Kind: „Schön kräftsch durch den Gesichtskolben einsaugen!“

Wie ein Igel auf Futtersuche schnüffelte Bobby Silber, öffnete wie vom Blitz getroffen die Augen und schnippte wie eine Sprungfeder nach oben. Das Ammoniak war für seine Zweckbestimmung von allerbester Qualität.

„Wolln Sie mich vergasen?“, schrie er laut auf und blickte mit wild und stechend ausschauenden Pupillen ins Publikum.

Der Kapitän trat näher und beruhigte sein prominentes Sorgenkind.

„Alles in Ordnung, Herr Silber! Sie haben sich beim Brötchenaufschneiden am Daumen verletzt. Offenbar können Sie kein Blut sehen – und sind in Ohnmacht gefallen!", erzählte er.

„Blut?" Bobby Silber schluckte mit verzerrtem Gesicht und hielt sich mit der rechten Hand die Augen zu: „Bringen Sie mich weg von hier. Ich mag Blut weder sehen noch riechen – ich kann nicht mal das Wort hören, ohne zu ... Bitte, ich will in meine Kabine!"

„Ist ja schon gut", sagte Kapitän Dahland altväterlich. Er schnipste den Steward heran: „Bringen Sie Herrn Silber bitte nach oben in seine Kabine. Nehmen Sie ein paar Bissen mit – aber lassen Sie ihn nicht mit Messer und Gabel hantieren!"

„Da wärn een paar kleene Bananen wohl das Beste", warf Frau Bähnert kokett dazwischen: „Dadorbei hat der doch ständig vom roten Saft gesungen – *Du wärmst mir das Blut tief im Herzen* zum Beispiel, 1981, off dor Weihnachts-LP!"

Einige Passagiere nickten und wunderten sich mit Frau Bähnert. Erst als Bobby Silber das Restaurant verlassen hatte, beruhigten sich die Passagiere wieder und trabten zu ihren Plätzen zurück. Frau Bähnert hockte sich an ihren Fensterplatz und grübelte über den Namen der Verdächtigen.

„Wenn dor Silber keen Blut sehn kann – dann würde eene Gewalttat kaum zu ihm passen!", kombinierte Ilse: „Da muss ich den wohl erst mal streichen!"

Auf der Liste blieben:

Ingo Schmarge
Alois Zinker
Erster Offizier
Kapitän Dahland
Ein anderes Crewmitglied
Ein anderer Passagier

Frau Bähnert nahm einen großen Schluck aus ihrer Kaffeetasse.

„Ooch, der ist ja noch schön heiß! Schmeckt abor bissel komisch!“, grantelte sie: „Fast wie aus dor Apotheke!“

Sie kostete einige weitere Schlucke, dann schob sie die Tasse angewidert beiseite. Mit einem Taschentuch wischte sie sich über die Lippen. Ihre Schminke war dahin. Sie zerknüllte den Zellstoff und steckte ihn in die Handtasche. Sie setzte ihre Denkarbeit fort.

„Was hat mir das Orakel gesagt“, flüsterte Frau Bähnert beschwörend: „Ich versuche mich zu erinnern! Een Mann … Er kennt sich aus auf dem Schiff … er weiß … huch … mir wird ganz heiß! Was issen jetzt los?“ Mit den Händen packte sie die Tischplatte und hielt sich verkrampft daran fest.

„Ich war doch noch nie … seekrank!“

Vor ihren Augen zerflossen die Gegenstände des Raumes zu einer kunterbunten Suppe und nahmen ständig neue Muster an – wie die Figuren in einem rotierenden Kaleidoskop. Die alte Dame versuchte sich von ihrem Platz zu erheben.

„Ich bin … wie fest … gekettet“, stellte sie empört fest.

Etwas zog sie nach unten, heiß und kalt schossen die Säfte durch ihren Körper.

„Frosch ohne Maske!“, brabbelte sie: „So hieß mein Herbert mit Spitznamen … weil er die Seefahrt nicht vertragen hat! Weil dor Herbert immer so grüne war im Gesicht!“

Wie von einem schweren Vorschlaghammer getroffen, sackte die Frau zur Seite ans Fenster. Um sie herum erlosch das Licht. Es war zappenduster.

KAPITEL 13

Der Mörder will mehr

Ein Mann im weißen Kittel beugte sich über Frau Bähnert. Es war der Erste Offizier, der auch als Sanitäter arbeitete. Sie lag auf dem Bett in ihrer Kabine. Wie sie dorthin gelangt war, entzog sich ihrer Erinnerung. Das polizeiliche Siegel an der Tür war offenbar fachkundig geöffnet worden.

„Ich kann nichts Ernstes feststellen, Frau Bähnert", sagte der Kittelträger: „Wie ist es dazu gekommen?"

„Ich hab mich off eenmal, also urplötzlich – so schummrig gefühlt", sagte Ilse schwach.

„Nun, nach den Abenteuern der vergangenen Stunden wundert mich das kaum", meinte der Erste Offizier.

„Aber es ging mir doch gut! Na ja, bis ich wieder an meinen Tisch kam, nachdem dor Bobby Silber zusammengeklappt war", erinnerte sich die alte Dame.

„Wer weiß – zu viel Bohnenkaffee womöglich!"

„Ach was, mein Bohnkaffee vertrage ich doch! Aber – Moment!"

„Ja, Frau Bähnert – fällt Ihnen etwas ein?"

„Dor Kaffee – der hat gleich so eigenartig geschmeckt – wie abgestandenes Offwaschwasser mit bitterer Medizin drinne", sagte Ilse.

„Wir werden das in der Küche überprüfen lassen", versicherte der Erste Offizier.

„Oder dor Mörder hat's ooch noch off andere Passagiere abgesehen!", sagte Frau Bähnert ernst.

„Wir klären das!", unterbrach der Erste Offizier: „Bleiben Sie bitte in Ihrem Bett! Die elektronische Fußfessel ist noch intakt, wie ich sehe. Vergessen Sie bitte nicht: Die Polizei verdächtigt weiterhin vor allem Sie!"

„Was Sie nicht sagen, Sie neunmalkluger Schlaumeier!" Frau Bähnert zog eine Schnute und begann zu schmollen.

„Regen Sie sich bitte nicht so auf! Sie brauchen Ruhe!"

Bedächtig nahm der Erste Offizier die Stirnlampe vom Kopf, packte das Stethoskop in seine lederne Hebammentasche und warf den Holzspatel, mit dem er den Rachenraum Frau Bähnerts untersucht hatte, in den Papierkorb an der Kabinenwand. Auf leisen Sohlen verschwand er aus dem Zimmer, zog die Tür jedoch nicht ins Schloss. Sie blieb einen Spalt offenstehen.

Zum Aufstehen fühlte sich Witwe Bähnert tatsächlich zu schwach. Steif wie ein umgefallener Holzpfosten lag sie in der Waagerechten und studierte mit ihren Blicken die Kabinendecke.

„Ich gloobe ja, es war keen Zufall, dass mir nach dem Bohnenkaffee übel wurde!“, sinnierte sie. „Dor Bobby Silber knallt off die Tischplatte. Ich werde abgelenkt. Bleibe dann für een paar Minuten weg von meinem Tisch. Ich komme wieder – de Tasse is gefüllt, mit neuem, heeßem Kaffee – und dann steigt der mir sofort in de Birne!“

Draußen auf dem Gang lief jemand an der Tür vorüber. Dumpf drangen Schritte an Frau Bähnerts Ohr. Sie schloss die Augen und stellte sich schlafend. Ihre Tür wurde aufgedrückt. Fest hielt sie ihre Lider geschlossen, obwohl die Neugier Frau Bähnert innerlich fast zerriss. Unmittelbar neben ihrem Bett machte sich der Eindringling zu schaffen. Es raschelte und klimperte – offenbar suchte ein Dieb in der großen Handtasche nach Wertgegenständen. Frau Bähnert wagte kaum zu atmen. Unendlich langsam holte sie Luft und pustete sie ebenso gedehnt wieder aus. Es roch nach Parfüm. Sie spürte, wie eine winzige Schweißperle aus einer Pore auf der Stirn heraus sickerte und in Richtung ihres Ohres kullerte.

„Wenn das nun dor Mörder is“, dachte sie. „Meine Pistole liegt doch ooch mit in dor Tasche. Wenn der die findet, knallt der mich mit meiner eigenen Wumme ab. Ich bin erledigt!“

Sie spürte eine Hand an ihrem Unterarm. Der Unbekannte berührte sie. Er hob das Gelenk leicht an und umschloss es mit Daumen und Zeigefinger.

„Was hatten der jetzt vor, dor Sittenstrolch?", schoss es ihr im Kopf herum: „Jetzt umklammert der ooch noch meine Pfote!"

Am liebsten wäre sie aufgesprungen, hätte dem Einbrecher in die Augen geschaut und ihm die Leviten gelesen. Aber noch hielten ihre Nerven eisern stand. Frau Bähnert spannte ihre Muskeln an und erstarrte gänzlich zu einem Brett. Sie hielt sogar für einige Zeit die Luft an. Der Unbekannte fühlte ihr den Puls. Dann sagte er etwas, flüsternd – aber Frau Bähnert verstand es.

„Die hier macht's nicht mehr lange – soll mir recht sein. Die alte Schrulle muss weg!"

Sie musste mit aller Kraft ihre Lippen zusammenpressen, um nicht einen Schrei auszustoßen! Ihr schien, als fließe vor lauter Zorn all ihr Blut in den Kopf und ins Gesicht. Der Fremde ließ sie los. Kaum hörbar verschwand er aus der Kabine und zog die Tür hinter sich zu, bis sie ins Schloss einrastete.

„Wer war das?", fragte sich Ilse Bähnert, öffnete im gleichen Augenblick die Augen und richtete ihren Oberkörper im Bett auf. Sie beugte sich zu ihrer Tasche, hob sie zu sich auf den Schoß und kontrollierte gewissenhaft den Inhalt.

„Puderdöschen, Hühneroochenpflaster, Handspiegel, Nagelschere, Eukalyptusbonbons, meine Pistole!" Frau Bähnert nahm die Waffe heraus, legte sie sich in die rechte Hand und betrachtete das pechschwarze Schießeisen eine Weile: „Warum der die nich mitgehn lassen hat? Worauf hatten der das abgesehn?"

Sie kramte noch eine Weile. Dann bemerkte sie, was fehlte.

„Das Papiertütchen aus dem Bilderrahmen – mit Herberts Haaren!" Sie fasste sich mit der Hand an den Kopf. „Jetzt wird mir einiges klar!"

Angeregt durch die gewonnene Erkenntnis schwang sie sich in Sitzhaltung, zog Papier und Bleistift aus der Tasche und versuchte, den Fall zu rekonstruieren. Nach einer halben

Stunde riss sie das eng beschriebene und mit Skizzen übersäte Papier aus dem Heft, hielt es hoch wie ein wertvolles Beutestück und freute sich wie ein Schatzsucher.

„Ich hab eenen ganz heißen Verdacht! Dor Kommissar wird Oochen machen!"

Frau Bähnert faltete ihr Schriftstück zusammen und steckte es in die Handtasche. Ihr ging es deutlich besser. Die Kraft kehrte in ihren Körper zurück. Sie bückte sich und nestelte an ihrer elektronischen Fußfessel herum.

„Die ist eindeutig zu fest gebunden! Das ist eigentlich een Fall für die Menschenrechtskommission! Folter!", murrte sie und richtete sich auf, um das Zimmer zu verlassen.

Als sie die Kabinentür mit einem kräftigen Ruck öffnete, erschrak sie und fuhr zusammen wie ein ängstliches Kaninchen. Ein großer, dürrer Mann stand vor ihr im Gang.

„Herr Ingo!", sagte Frau Bähnert eingeschüchtert: „Was machen Sie denn hier?"

Kaum hatte sie ihre Frage hervorgepresst, stieß Ingo Schmarge Frau Bähnert mit der rechten Hand unsanft zurück ins Zimmer. Sie stolperte rückwärts, konnte sich aber fangen und setzte sich auf die Kante des Bettes.

Schweigend drückte Schmarge mit dem Fuß die Kabinentür von innen zu und näherte sich mit einer bedrohlichen Körperhaltung der alten Dame. Sie kauerte verängstigt und atemlos auf der Matratze und schaute ihrem Gegenüber in die Augen.

„Um ganz ehrlich zu sein, Herr Schmarge", sagte Ilse keuchend: „Ich hätte es mir denken können, dass Sie draußen vor dor Türe off mich lauern!"

„Ach, ist ja interessant", entgegnete Schmarge. Er blies sich eine Strähne aus dem Gesicht: „Was wollen Sie mir denn damit sagen?"

„Ganz eenfach: Ich weeß jetzt, wer Ihre Mutter um de Ecke gebracht hat!"

„Da bin ich aber mal gespannt! Was die Polizei nicht herausfindet, wollen Sie plötzlich ganz genau wissen?"

„Ganz genau, Sie Schurke! Sie waren es!", fauchte Frau Bähnert: „Sie haben es recht geschickt vorbereitet. Aber eener alten Frau wie mir, der machen Sie nischt vor!"

„Da Sie dieses Zimmer nicht lebend verlassen werden, gebe ich Ihnen die zehn Minuten für Ihre Mordtheorie. Warum nicht!"

„Ob ich hier lebend raus komme oder nicht, das werden wir noch sehen", sagte Frau Bähnert trocken und stützte sich mit den Händen auf der Bettkante ab, drückte ihr Kreuz durch und erhob ihre Stimme: „Ich weeß alles über Ihre Mutter, über deren Verhältnis zu meinem Mann, was dor Herbert war – und dass Sie meinem Herbert sein Sohn sind!"

„Erzählen Sie weiter!", forderte Schmarge die alte Dame auf und lehnte sich lässig an die Kabinenwand: „Sie besitzen offenkundig eine ausufernde Phantasie!"

„Es war so: Ihre Mutter geht Ihnen seit Jahren ziemlich off de Nerven!"

„Nicht so sehr, dass ich Sie dafür hätte umbringen wollen", sagte Ingo Schmarge gelangweilt: „Wir haben uns an den Wochenenden in Berlin gesehen – und gemeinsam die Urlaube verbracht. Den Rest der Zeit habe ich Feinfrostware ausgefahren!"

„Ich weeß – Sie ham ja eene kleene Hornzsche in Halle!"

„Sieh an, das haben Sie sich gemerkt!"

„Natürlich – und mir ist noch een bissel was anderes im Gehörne hängengeblieben", sagte Frau Bähnert: „Sie haben offenbar früher mal mit Schwimmhilfen gehandelt!"

„Mit was bitte?"

„Schwimmhilfen!", wiederholte die alte Dame: „Offblasbare PVC-Frösche zum Beispiel!"

„Meine Mutter besaß einen solchen Schwimmring. Sie konnte nicht schwimmen. Deshalb habe ich ihr so etwas besorgt, weil sie gern badete. Manchmal war sie wie ein kleines Kind in ihren Wünschen!"

„Das gloobe ich Ihnen sogar! Aber Sie haben Ihrer Mutter nicht nur eenen Schwimmfrosch gekooft, sondern zwei davon!"

„Warum sollte ich das denn getan haben?", fragte Ingo Schmarge spitz.

„Weil Sie einen Frosch heemdiggsch präpariert haben!"

„Jetzt machen Sie mich neugierig!" Schmarge schnalzte mit der Zunge. Er gab noch immer den ruhigen und interessierten Zuhörer.

„Ihre Mutter wollte zum Baden in den Pool, gleich nach dem Einchecken, während die andren Gäste beim Empfangs-Drink waren. Ihr war mächtig heeß, dor Schweiß lief, eine Erfrischung täte gut – und mit dor Schwimmhilfe fühlte sie sich sogar als Nichtschwimmerin sicher! Sie blasen ihr den Schwimmfrosch ooch off! Aber den eenen ham Sie zuvor mit eener kleenen Nadel durchlöchert! Während Ihre Mutter oben am Pool in der Sonne liegt und sich aufs Planschen freut, kehrn Sie noch mal zur Kabine zurück! Sie sehen aus dor Ferne, im Gange stehend, wie ich, de Ilse Bähnert, aus Ihrer Kabine komme!"

„Sie geben also zu, bei uns eingebrochen zu haben?", fragte Schmarge in einem naiven Tonfall.

„Nu tun Se nich so, Sie gerissener Hund!", zischte Frau Bähnert zurück: „Als Sie mich so sehen off dem Gang, da kommt das Ihrem Plan ganz gelegen: Sie warten, bis ich in meinem Kabuff verschwunden bin. Dann verkleiden Sie sich in Ihrer Kabine als Frau. Sie setzen een Hütchen von Ihrer Mutter off, ziehn sich Handschuhe über, wegen dor Fingerabdrücke und nehmen een Bügeleisen, das ihre Mutter in dem ganzen Kuddelmuddel ooch mit dadorbei hatte – und machen dann vor dor Kabine vom Bobby Silber een bissel Radau, damit sich dor Künstler gestört fühlt!"

„Warum sollte ich das nun schon wieder getan haben?"

„Um die Spur off mich zu lenken! Dor Schlagerbobby kommt im Vollrausch aus dor Türe, sieht so was Ähnliches wie eene Frau, mit Bügeleisen – sie verschwinden! Später wird sich Bobby Silber an eine Dame erinnern – ehm mit eenem Bügeleisen!"

„Sie spinnen sich da etwas zusammen, Frau Bähnert", unterbrach Ingo Schmarge die Erzählung: „Aber jeder hat eben so seine Marotten!"

„Sie haben die Uhrzeit für Ihre Untat gut abgepasst! Während des Kennenlern-Drinks befinden sich nahezu alle Passagiere und auch die Crewmitglieder im Salon. Sie kehren aufs Sonnendeck zurück und sind mutterseelenalleene. Das heißt: Ihre Mutter ist da, ist aber bereits ersoffen, weil dor Frosch ohne Maske Luft gelassen hat. Sie fischen den platten Schwimmfrosch ausem Wasser, pusten den zweeten, noch heilen Frosch off, schieben ihn Ihrer Mutter mit eener Stange unter ihre schlaffe Hand. Dann lassen Sie das Bügeleisen off ihren Koppe plumsen – damit es aussieht, als wäre die arme Frau erschlagen worden!"

„Ja – das wäre ein Mord, den man recht schwer aufklären kann, da gebe ich Ihnen Recht", räumte Schmarge ein und strich sich über sein schmales, bartstoppeliges Gesicht: „Nur warum sollte ich meine Mutter umbringen, während doch Sie, Frau Bähnert, das viel stärkere Motiv haben? Schließlich hat meine Mutter Ihnen Ihren Mann weggenommen – jedenfalls eine sehr intensive Zeit lang!"

„Hörn Se off mich zu provozieren!"

Frau Bähnert stand auf und funkelte den Mann mit ihren kleinen dunklen Augen an:

„Passen Se off! Hier habe ich den Schlüssel, das Motiv, den Grund, die Ursache, warum Sie über Leichen gehen!"

„Jetzt bin ich wirklich gespannt!", sagte Ingo.

Er wirkte nervös.

Mit der rechten Hand griff sich Frau Bähnert unter ihre Jacke und holte einen Briefumschlag hervor.

„Sie wissen, was das ist?“, fragte sie scharf.

Ingo Schmarge wich das Blut aus dem Kopf.

„Woher haben Sie das?“, fragte er.

„Ich habe den Umschlag zufällig ohm offem Sonnendeck gefunden, vergangene Nacht!“, sagte Ilse Bähnert: „Wahrscheinlich hat een Windstoß den Umschlag vom Pool, wohin ihn Ihre Mutter mitgenommen hat, auf dem Deck verweht. Unter eener Sonnenliege hab ich das Schriftstück zufällig zusammen mit eener Tablettenpackung hervorgefischt!“

Schmarge drückte sich von der Wand ab. Er schritt auf die Dame zu und wollte ihr den Umschlag entreißen.

„Moment, mei kleener Schurke!“, sagte sie und zog den Umschlag weg. Ingo Schmarge griff verdutzt ins Leere.

„Zunächst habe ich dem Umschlag gar keene Bedeutung beigemessen!“, fuhr Frau Bähnert fort: „Erst vorhin, nachdem Sie hier in meiner Kabine halbherzig in dor Tasche rum gewühlt haben, fiel mir das Schriftstück wieder in die Hände – ich habe es geöffnet und mir wurde einiges klar!“

„Dann habe ich das Schriftstück wohl leider übersehen vorhin, denn nach dem habe ich auch gesucht“, bedauerte Schmarge.

Mit stark zitternder Hand griff Frau Bähnert in den vergilbten Umschlag, zog das Papier heraus und faltete es auseinander.

„Das ist, wie Sie wissen, een Testament von meinem Herbert“, sagte sie und ergänzte scharf: „Bleiben Sie jetzt, wo Sie sind, Schmarge! Ich trage es laut vor! Danach können Sie mich meinetwegen aus dem Weg räumen!“

„Worauf Sie sich verlassen können. Nun machen Sie schon, Ihr letzter Wille soll Ihnen gegönnt sein!“

Mit brüchiger Stimme verlas Frau Bähnert die handschriftlichen Zeilen ihres verblichenen Mannes.

Da ich am 1. Januar 1976 bei der Freiwilligen Feuerwehr Dresden-Löbtau einen verantwortlichen, aber nicht ungefährlichen Posten antrete, habe ich mich entschlossen, meinen letzten Willen zu verfügen, um den Nachkommen Streit und Ärger zu ersparen.

Mein Testament.

Ich, Herbert Bähnert, bestimme hiermit, dass mein Vermögen nach meinem Tode zu gleichen Teilen an meine Ehefrau Ilse Bähnert, Otto Franke-Straße 17 in Dresden Löbtau, und an mein leibliches Kind übergeht.

Herbert Bähnert, 14. September 1975

Ingo Schmarge nickte mit dem Kopf und begann, eigenartig zu lächeln.

„Sehen Sie, Frau Bähnert! Eine Frau weiß nie alles über Ihren Mann“, sagte er hämisch.

„Schweigen Sie! Mein Herbert ist ein Schuft gewesen! Aber ich verzeihe ihm sogar dieses vor mir verheimlichte Testament und diese Renate! Und zwar, weil ich ihn geliebt habe, wirklich geliebt – den Hund!“

Sie faltete das Testament zusammen und steckte es vorsichtig zurück in den Umschlag. Dann schob sie das Papier wieder unter ihre Jacke. Sie fasste in ihre Tasche, angelte seelenruhig die Parabellum-Pistole heraus und richtete sie gegen Ingo Schmarge. Er wirkte überrascht.

„Wollen Sie mich mit einer Schreckschusspistole in Schach halten? Frau Bähnert, ich bitte Sie“, sagte er ohne Aufregung.

„Nee, keene Schreckschuss! Die hat dor Herbert aus dem Krieg mitgebracht. Abor das können Se nich wissen! Da warn Se noch Quark im Schaufenster!“, entgegnete die alte Dame und atmete tief ein und aus, um ihren Puls zu normalisieren.

Sie entsicherte die Waffe und feuerte skrupellos einen Schuss in die Steppdecke des Kabinenbettes. Der Knall wurde durch die Matratzen und die Stofftapeten an den Wänden stark gedämpft. Seine Wirkung verfehlte er nicht. Die Daunen stoben auf. Aus dem Einschussloch entstieg eine kleine Rauchwolke. Ingo Schmarge schluckte und sein Adamsapfel hüpfte wie ein Tischtennisball hoch und runter.

„So eine Knarre ist gefährlich, gute Frau", sagte er vorsichtig und hob die Arme über den Kopf.

„Se müssen nur ruhig halten! Ich habe noch een paar Fragen an Sie, damit meine Mordtheorie schlüssig wird!"

„Schießen Sie los… Nein – ich meine: Fragen Sie!"

„Warum ham Sie mir een Schlafmittel verabreicht, vorhin im Bordrestaurant, den vergifteten Bohnenkaffee ham Sie mir doch nachgeschenkt, während ich Bobby Silber zu Hülfe geeilt bin!"

„Ich brauchte dringend etwas zurück, ohne dass dieses Testament nicht das Papier wert ist, auf dem es geschrieben wurde!", gestand Schmarge und ergänzte: „Dass Sie das Testament gefunden haben, wusste ich nicht – meine Mutter hatte es gehütet wie ihren Augapfel und überallhin mitgenommen!"

„Mmh, aber Sie hams noch off was anderes abgesehn. Ich hab ooch een Verdacht! Aber ich wills von Ihnen wissen!"

„Also gut!", sagte Ingo Schmarge und ließ die Arme fallen: „Ihr Mann, der Geliebte meiner Mutter – er hat mich nie offiziell anerkannt! Er hat es wohl vergessen oder es ist nicht die Zeit dafür gewesen, keine Ahnung. Ich habe ja auch kaum eine Erinnerung an diesen Herbert! Eigentlich gar keine! Er hat uns das letzte Mal besucht – da war ich grade mal zwei Jahre alt. Da hat er das Testament mitgebracht – und bei uns liegenlassen. Meine Mutter hat es aufgehoben."

„Und weil mein Herbert Sie nich anerkannt hat, offiziell jedenfalls – brauchten Sie eenen Beweis, dass dor Herbert Sie tatsächlich ooch gezeugt hat!"

„Und da gab es nur die Möglichkeit eines modernen DNA-Abgleichs!“

„Na, ich weeß – een bissel von dor Haut, een Fingernagel – oder eem een Löckchen vom Verblichenen!“

„Sie sagen es: Meine Mutter hatte in dem Bilderrahmen mit ihrem Geliebten zugleich ein kleines Papieretui verwahrt, worin ein paar Strähnchen von Herbert lagen.“

„Und jetzt ham Sie also Ihre Mutter endlich fein säuberlich aus dor Welt geschafft, den Mordverdacht off mich arme alte Frau gelenkt – und dann fehlt Ihnen leider das Beweisstück dadorfür, dass nämlich dor Herbert ooch ihr leiblicher Vater war und Sie von seinem Nachlass profitieren!“

„Eigentlich konnten nur Sie Herberts Locke haben! Denn das Bild von Herbert habe ich von der Spurensicherung zurückerhalten – aber ohne die Locke!“

„Nun, Ihr Spürsinn hat Sie ja ooch nich im Stiche gelassen!“, lobte Frau Bähnert, nickte anerkennend und redete weiter: „Vorhin, als ich geschwächt durch Ihr Schlafgift off dor Matratze lag, kamen Sie in die Kabine, durchsuchten meine Handtasche – und fanden Herberts Haare. Sie waren fast am Ziel, Schmarge!“

„Ja, fast! Ich bin raus aus der Kabine und wollte noch einmal zurückkehren!“

„Hatten Se was vergessen?“

„Ja! Sie zu töten!“

„Nu, das hätte Ihnen so gefallen“, sagte Frau Bähnert: „Abor mich bringt so schnell nischt und niemand um!“ Sie tänzelte triumphierend durch die Kabine.

Den Moment der Unachtsamkeit nutzte Ingo Schmarge kaltblütig aus. Er schubste Frau Bähnert gegen die Wand, entriss ihr mit seinen kräftigen Händen die Pistole und presste die Mündung auf die Stirn der Dame.

„Ja, Sie haben in allem Recht“, stieß er schwitzend hervor: „Tadellos kombiniert! Ich habe meine nervtötende Mutter ertrinken lassen, um endlich den Beweis der Vaterschaft antreten zu können. Denn meine Mutter hat nie den Vaterschaftstest gewollt – sie schwelgte nur in bunten Erinnerungen an ihn. Mein Erbe war ihr egal. *Erarbeite Dir Dein Geld, Ingo*, hat sie immer gesagt! Meiner Mutter reichte allein der Glaube daran, dass ich von Herbert gezeugt worden sei. Und um an die entscheidende Locken zu kommen, musste ich diesen Weg gehen."

„Die Wahrheit wird ans Lichte kommen!", winselte Frau Bähnert: „Ein Mord, das reicht! Finden Sie nicht? Warum mich denn ooch noch abmurksen?"

„Weil Sie alles wissen!", sagte Ingo Schmarge und erschrak selbst darüber. „Ich will Ihnen noch etwas verraten, Frau Bähnert! Dass Sie, meine Mutter und ich an Bord dieses Schiffes waren – das ist kein Zufall gewesen!"

„Was wolln Sie denn dadormit andeuten?", fragte Frau Bähnert verwirrt.

„Glauben Sie im Ernst, Sie haben die Luxuskreuzfahrt gewonnen?"

„Allerdings, davon bin ich fest überzeugt", antwortete die alte Dame.

„Sie sind so naiv! Ich habe Sie eine ganze Weile, drei Wochen waren es genau gesagt, fast ununterbrochen observiert: Aus meinem Feinfrostlieferfahrzeug heraus. Ich weiß, wo Sie ihren Kaffee kaufen. Ich weiß, dass Sie im Café Toscana gern eine Holländerschnitte naschen. Und ich kenne Ihre Kreuzworträtselleidenschaft!"

„Moment!", rief Frau Bähnert und schaute unter der Pistole hervor, die noch immer gegen ihre Stirn gerichtet war: „Die Rätselheftredaktion von TROLL hat mir doch alles zukommen lassen! Wie wollen Sie denn das alles gedeichselt ham? Gloobe ich nicht."

„Sie haben das Rätselheft gekauft. Als Sie die Postkarte am Nachmittag zum Briefkasten gebracht haben, musste ich nur

Eins und Eins zusammenzählen! Ich bin zur Redaktion der Zeitschrift gefahren, habe eine Lieferung Speiseeis abgeliefert, die zwar nicht bestellt, aber gern genommen wurde – und in einem unbeobachteten Moment habe ich eine von mir präparierte Postkarte direkt in das Gewinnerfach im Regal des Redakteurs gelegt! Mit dem richtigen Lösungswort, mit Ihrem Absender! Es hätte schiefgehen können – das räume ich ein! Es lief aber, wie Sie sehen, wie am Schnürchen! Ich hatte Glück!"

„Sie fieser Mensch!", sagte Frau Bähnert: „Aber ohne Sie hätte ich die Kreuzfahrt wohl gar nicht bekommen?"

„Sie sagen es!", gab Ingo Schmarge mit stolzer Stimme bekannt.

„Nu, viel hatte ich bislang auch nicht davon – außer Scherereien! Das ham Sie mir eingebrockt!", murmelte Ilse böse.

„Undank ist der Welten Lohn! Und jetzt sagen Sie adieu, Frau Bähnert!"

„Ich denk gor nicht dadordran!", blaffte sie zurück.

An der Tür klopfte jemand mit polternden Schlägen. Er riss mit dem Wummern fast die Tür aus den Angeln.

„Sind Sie da drin, Frau Bähnert", rief Kommissar Strietzel durch die Tür: „Sie sind in allerhöchster Gefahr! Der Mörder könnte es auch auf Sie abgesehen haben!"

Frau Bähnert verdrehte die Augen.

„Was Sie nicht sagen, Manfredo", flüsterte sie und rief dann laut und todesmutig: „Gehen Se weg von dor Tür. Dor Schmarge ist bewaffnet."

Im gleichen Augenblickt schnippte der schlaksige Mann herum und zielte mit der Parabellum auf die Kabinentür, ballerte das Magazin leer und durchsiebte das Holz. Draußen herrschte Stille. Frau Bähnert rappelte sich hoch. Schmarge stand perplex und wie gelähmt auf dem Teppich. Die demolierte Tür öffnete sich wie von Geisterhand um eine Handbreite. Jemand warf eine Rauchbombe durch den Schlitz, die das kleine Zimmer im Nu vernebelte. Vermummte Männer stürmten mit wildem Geschrei herein, warfen sich auf Schmarge und auf Ilse Bähnert.

„Könn Se nich offpassen“, beschwerte sich die alte Dame: „Ich bin unschuldig! Wann begreifen Sie das endlich mal!“

Nach einer Weile lichtete sich der künstliche Rauch, der süßlich nach Lakritz roch. Zum Vorschein kamen die bis unter die Zähne bewaffneten, rabenschwarz gewandeten Mitglieder des Sondereinsatzkommandos und Frau Bähnert, die ihre Kleider glatt strich. Ingo Schmarge lag bäuchlings auf dem Bett und wimmerte um Gnade. Seine Hände und die Füße waren mit Plastschlaufen gefesselt. Durch die Tür traten Kommissar Strietzel und Kommissar Karel.

„Skvělá práce! Gut gemacht! Männer, führt den Mordverdächtigen ab!“, befahl Karel: „Und lösen bitte Fußfessel von Bein von Bähnertová!“

Frau Bähnert schaute sich um und schüttelte ungläubig mit dem Kopf.

„Der Macker hätte mich fast abgeknallt! Dieser verrückte Schmarge!“, sagte sie und blickte den Polizisten fest in die Augen: „Es war Spitz off Knopf diesmal!“

Verlegen schauten die Kommissare einander an und reichten der alten Dame die Hand.

„Prosím o prominutí, madam! Verzeihen Sie bitte, gnädige Frau!“, entschuldigte sich Karel und verbeugte sich sogar: „Wir haben Sie zu unrecht verdächtigt! Aber durch waghalsige Flucht haben Sie sich keinen großen Gefallen getan!“

„Na, ich weeß ja nich, was Sie machen würden, wenn man Sie unschuldig knebelt und einsperrt!“ Ilse schaute spitzfindig.

Strietzel packte Frau Bähnert freundschaftlich am Ellbogen und streichelte sie wie ein Enkel seine Großmutter.

„Ich bin stolz auf Sie, Frau Bähnert!“, sagte er, und seine Augen wurden glasig: „Eine mutige Frau wie Sie, das gibt es nicht mehr oft. Aber übrigens: Sie haben Ihre Rettung gar nicht uns allein zu verdanken!"

„Nee? Na wem denn dann?", fragte sie wissbegierig.

„Bobby Silber", sagte Karel.

„So ist es!", bestätigte Kommissar Strietzel: „Er rief vorhin den Kapitän zu sich ans Bett, weil ihm etwas eingefallen sei! Er erzählte, die Frau, die er aus der Kabine von Schmarges herauslaufen sehen habe, die sei behaart gewesen am Arm, und sie habe die gleiche Uhr getragen wie der Sohn des Mordopfers! Da war klar: Ingo Schmarge hat was mit der Sache zu tun!"

„Dor Bobby Silber", sagte Frau Bähnert und lächelte breit: „Er ist eben doch een feiner Mann! Wie hat er doch einst gesungen! *Ich hasse Dich, ich liebe Dich – und verzeih Dir jedes Mal!*"

Hustend traten Kapitän Dahland und sein Erster Offizier in die verräucherte Kabine ein und schauten erleichtert auf den gefesselten Mörder.

„Es scheint ja alles gut und unblutig verlaufen zu sein", sagte Dahland und blickte zu Frau Bähnert: „Die Unannehmlichkeiten, die Sie erleiden mussten, tun mir aufrichtig leid!"

„Nu kriegen Se sich wieder ein, meine Herrn!", sagte sie bescheiden: „Laden Se mich eenfach beim Käptndinner zu sich an de Tafel ein. Das würde mich entschädigen!"

„Kein Problem! Morgen abend würde ich mich geehrt fühlen, wenn Sie mein Gast sind im Bordrestaurant!"

Wie ein Gentleman alter Schule nahm Dahland den Arm von Frau Bähnert und geleitete sie hinaus auf den Gang.

„Sie bekommen selbstverständlich eine neue Kabine!", versprach der Kapitän: „Schließlich haben Sie auf ehrliche Weise eine Luxusreise mit allem Drum und Dran gewonnen!"

„Sie sagen es!", log Frau Bähnert und freute sich auf eine Dusche und ein weiches Bett.

KAPITEL 14

Bobby Silber Superstar

Das Bordrestaurant *Tannhäuser* wirkte wie eine von Fackellicht erhellte Höhle. Auf den schneeweiß gedeckten Tischen standen silberne Leuchter, deren Kerzen ein dottergelbes, weiches, warmes Licht auf die Gesichter der Passagiere warfen. Auf einer kleinen Bühne spielten *Die Memories* gedämpfte Jazzmusik. Eilig huschten die Stewards durch die Stuhlreihen und servierten kühlen Weißwein oder kaltes Bier.

Ein kleiner Tusch ertönte. Die Flügeltür zum Restaurant schwang auf. Herein kamen zwei Serviererinnen, die auf einer großen runden Platte jeweils einen stattlichen glänzenden Hecht auf Wurzelgemüse trugen. Obenauf spritzten Wunderkerzen ihre grellen Funken in den Raum. Die Passagiere applaudierten erwartungsvoll und klatschten und trampelten mit den Füßen, als Kapitän Dahland, sein Erster Offizier und – in der Mitte der beiden Herren – Frau Bähnert den Saal betraten. Hinter ihnen folgten acht weitere Kellner mit opulent gefüllten Tellern und Platten: Ananasfrüchte, Melonenscheiben, gebratene Rebhühner, krossbraune Haxen und feuerrote Hummerpanzer. Nacheinander stellten die Crewmitglieder ihre Speisen auf einer langen Platte fürs Buffet ab. Der Kapitänstisch stand in der Mitte des Restaurants, und Dahland, der Erste Offizier und Ilse warteten, bis alle kulinarischen Raffinessen ihren Platz gefunden hatten. Dann gab der Kapitän ein Zeichen an die Musiker der Kapelle. Sie unterbrachen ihr Spiel. Der Kapitän klopfte sachte mit einem Löffel gegen sein Glas.

„Liebe Passagiere an Bord der *MS Richard Wagner!* Ich freue mich außerordentlich, Sie zum Kapitänsdinner begrüßen zu dürfen. Hinter uns liegen tragische und turbulente Stunden."

Frau Bähnert glühte, ihre Wangen schienen zu lodern. Sie blickte zum Kapitän, der seine Rede an die Gäste fortsetzte.

„Ihnen ist das Verbrechen nicht entgangen, das sich am

ersten Tag unserer Reise ereignete und uns die Weiterfahrt unmöglich machte. Eine unschuldige Dame geriet zu Unrecht ins Visier der Kriminalpolizei!"

Der Kapitän senkte den Kopf und blickte zu Ilse Bähnert. Die alte Dame streckte sich auf ihrem Stuhl und richtete ihre Augen geradeaus wie ein pflichtgetreuer Soldat. Dahland legt die Hand an Frau Bähnerts Schulter.

„Diese tapfere Frau hat allen falschen Unterstellungen zum Trotz nicht nur die Nerven behalten, sondern auch maßgeblich dazu beigetragen, dass der Mörder innerhalb von 24 Stunden gefasst werden konnte."

Aus einer der hinteren Reihen applaudierten drei Herren: die Kommissare Strietzel, Karel und der Gemeindepolizist Honza. Sie erhoben ihr volles Bierglas und leerten es in einem Zug. Dahland lächelte.

„Ich möchte im Namen meiner Crew Ilse Bähnert herzlich danken – und Sie zur Kapitänin ehrenhalber ernennen!"

Kaum war der Satz Dahland über die Lippen gegangen, brandete tosender Applaus auf, einige pfiffen begeistert, andere johlten. Frau Bähnert tippelte unruhig auf der Stelle, verschränkte die Hände und überlegte, was sie sagen sollte. Der Kapitän trat einen Schritt zurück. Er schnipste mit dem Finger und *Die Memories* begannen die ersten Takte eines Liedes zu spielen. Ilse Bähnert erkannte es sofort. Es war ihr Lieblingsschlager von Bobby Silber. Noch einmal schwang die Tür des Restaurants – und herein kam, von oben bis unten in blütenweißes Leinen gewandet, Bobby Silber. Viele schauten ungläubig. Manche schmunzelten und machten sich auf ein neuerliches Malheur gefasst. Silber streckte den rechten Arm nach vorn und lief in seinem Schlendergang durch das Spalier der Passagiere auf Ilse Bähnert zu. Er sang wie ein junger Gott, mit Schmelz und Schmiss in der Stimme.

Als ich Dich zum ersten Mal sah, da wusste ich, was ich will!
Du lächelst mich an! Du schaust mir ins Herz! Du bedeutest mir so viel!
Dein wehendes Haar, Deine zarte Haut! Das wirft mich einfach um!
Sag' ich's Dir gleich oder in ein paar Tagen? Oder bleib' ich für immer stumm?

Die erste Strophe riss die Passagiere mit wie eine übergroße Welle der Erinnerung. Den Refrain kannte jeder im Saal. Ilse hielt es nicht mehr auf ihrem Fleck. Sie lief Bobby Silber schwebend entgegen.

Laß mich einfach sagen: Ich liebe Dich!
Laß Dich einmal fragen: Liebst Du auch mich?
Laß es mich heute wagen!
Ich will Dich tragen!
Bis an Ende unsrer Welt!

Ilse Bähnert lag weinend in den Armen Bobby Silbers, der nach Parfüm und Pfefferminztee roch. Sie umschlang seinen Hals und hielt ihm das Mikrofon, in das er immer und immer wieder den Kehrreim des Liedes sang. Ilse trällerte mit und fühlte sich glücklich wie nie zuvor im Leben. Das Publikum stand längst auf den Beinen und klatschte laut und schallend den Takt des Schlagers mit, so dass fast keiner mehr die Melodie der Band hören konnte.

Die Memories hauten kräftiger in die Tasten und in die Saiten ihrer Instrumente.

Bobby Silber standen die Schweißtropfen auf der Stirn. Er keuchte seinen Song mehr als er ihn sang. Doch zum ersten Mal in seinem Leben kam ihm ein Lied aus ganzem Herzen. Er drehte sich im Kreis, Ilse Bähnert an seiner Seite. Er lachte – nicht mehr das künstliche Fletschen, sondern ein echtes, erleichtertes Lachen.

Durch die dichten Menschenreihen schob sich ein kräftiger Mann. Er klatschte wie die anderen und wischte sich mit einem weißen Stofftaschentuch das Wasser von seiner Glatze, um die herum seine grauen Locken wuchsen. Er drängte sich dicht an Bobby Silber heran und rief ihm etwas ins Ohr.

„Ja mei! Das ist großartig, was Sie da singen!", prustete er: „Ich bin Alois Zinker, der Musikproduzent! Ich nehme Sie sofort unter Vertrag! Verstehen Sie: Bobby Silber ist zurück! Seine größten Hits!"

Bobby rief im Rausch seiner Gefühle „Ja!" und Frau Bähnert hörte, wie Zinker gleich eine ganze Strategie für das Comeback des fast vergessenen Künstlers herunterspulte.

„...nur die größten Hallen!", rief Zinker in den Applaus: „Dann kommen noch ein paar neue Lieder dazu! Eine neue Platte! Ich bring Dich ganz groß raus – Bobby!"

Frau Bähnert jubelte mit – und erst als sie sich zum Luft schnappen von Silber löste und ein wenig beiseite trat, bemerkte Sie, dass ihr ein Rätsel weiter auf den Nägeln brannte. Sie murmelte – inmitten ihres größten Glücks – den Satz vor sich hin:

„Herbert – hattest Du wirklich een Kind mit ner andern Frau?"

Sie setzte sich an den Tisch. Der Schlager endete. Rauschender Beifall brauste noch einmal auf. Dann wurde das Buffet eröffnet. Die Passagiere stürmten zu den Tellern, Töpfen und Pfannen.

Erschöpft lehnte sich Ilse Bähnert zurück. Ein Steward fragte, was sie zu speisen wünsche. Am Kapitänstisch wurde bedient. Dahland strahlte.

„Lassen Sie es sich schmecken, Frau Bähnert!", rief er aufmunternd: „Genießen Sie die restliche Reise! Wenn einer eine Reise tut, dann kann er was erzählen!"

„Wenn Sie wüssten!“, antwortete Frau Bähnert, löffelte ihre Gemüsesuppe mit Eierstich und murmelte kauend: „Manchmal wäre es eene Gnade, dumm zu sterben!“

Am Fenster zogen die Lichter einer böhmischen Stadt vorbei. Aus dem Maschinenraum drang leise das Tuckern der Dieselmotoren. Bobby Silber setzte sich an den Kapitänstisch und bestellte ein stilles Mineralwasser.

„Ich habe soeben einen Vertrag unterschrieben“, sagte er in die Runde: „Frau Bähnert! Ich danke Ihnen für alles!“

Die alte Dame setzte ihr Sonntagsgesicht auf.

„Nischt für ungut“, entgegnete sie: „Wenn Se mal in Las Vegas singen, Herr Bobby, dann schicken Se mal eene Ansichtskarte!“

*

Vier Monate später erfuhr Ilse Bähnert als Zeugin während der Gerichtsverhandlung am Landgericht Dresden, dass Ingo Schmarge nicht der leibliche Sohn von Herbert Bähnert ist. Die DNA-Analyse hatte es mit an Sicherheit grenzender Wahrscheinlichkeit ergeben. Das Testament erwies sich obendrein als wertlos, weil Ilse Bähnert, so hatten es die Nachforschungen ergeben, als Witwe bereits jegliches Barvermögen sowie das Gütervermögen ihres verstorbenen Mannes Herbert zugesprochen bekommen hatte: 327,34 Mark der DDR und eine verfallene Schrebergartenlaube auf einem Pachtgrundstück in Leipzig-Plagwitz.

Tom Pauls

PR-Foto: Olaf Hais

Jahrgang 1959, kam in Leipzig zur Welt, wo er später auch sein Schauspielstudium absolvierte. 1983 engagierte ihn das Staatsschauspiel Dresden für das Ensemble. Außerdem begründete er die bis heute äußerst erfolgreiche Komödiantengruppe Zwingertrio Dresden mit. Seine Kultfigur Ilse Bähnert entwickelte Tom Pauls, der seit 1990 freischaffend arbeitet, für sein erstes Soloprogramm auf dem Dresdner Brett'l. An der Seite von Günter Zieschong (Uwe Steimle) feiert Ilse Bähnert mit dem Programm „Ostalgie" seither große Erfolge im Fernsehen und auf der Bühne. Das Multitalent Pauls singt und musiziert, spricht Hörbücher, schreibt Bücher („Das wahre Leben der Ilse Bähnert") und gehört bundesweit zu den Fernsehlieblingen aus Sachsen (ARD-Serie „In aller Freundschaft"). Im Jahr 2007 gründete Tom Pauls die Ilse-Bähnert-Stiftung zur Erhaltung und Pflege der sächsischen Sprache und Kultur. In Pirna führt er seit 2011 sein eigenes Theater in einem mittelalterlichen Baumeisterhaus. Mehr Informationen erhalten Sie unter www.tom-pauls-theater.de.

Mario Süßenguth

Foto: Swantje Gerbert

Jahrgang 1970, stammt aus dem thüringischen Vogtland. Nach seinem Volontariat von 1991 bis 1993 arbeitete er bis 1997 als Redakteur für eine in Sachsen, Thüringen und Franken erscheinende Tageszeitung des Süddeutschen Verlages. Seither lebt Mario Süßenguth als freier Hörfunkjournalist, Hörbuchproduzent und Buchautor in Dresden. Er schreibt und berichtet u. a. für den Deutschlandfunk, für den Norddeutschen Rundfunk und vor allem für den Mitteldeutschen Rundfunk. Von Mario Süßenguth sind bisher bei verschiedenen Verlagen u. a. erschienen: „Der kulinarische König" (auch als Hörbuch), „Süßes Dresden", „Krabat der Zauberer" (Hörbuch bei edition Sächsische Zeitung) sowie „Aus einem traurigen Arsch fährt nie ein fröhlicher Furz" (auch als Hörbuch).

Tom Pauls &
Peter Ufer

Das wahre Leben der Ilse Bähnert – ein sächsisches Geschichtenbuch mit Folgen

152 Seiten

ISBN 978-938325-22-3

Es ist an der Zeit. Ilse Bähnert hat ihren achtzigsten Geburtstag hinter sich gelassen und schreibt ihr Testament. Erinnerungen werden wach – an ihre Kindheit in Leipzig, an ihre Hochzeit in Dresden. Ihre Geschichten sind verwoben mit der sächsischen Geschichte. Entstanden ist so ein „sächsisches Geschichtenbuch mit Folgen". Tom Pauls hat mit Ilse Bähnert eine Kultfigur geschaffen, eine Rolle, in der er seine eigene Großmutter spielt, die alles durch die „Ostbrille" sieht. Die liebenswerte alte Dame ist in den vergangenen fünfzehn Jahren sächsisches Urgestein geworden, leicht verschroben und mit einem unvergleichlichen Wortwitz. Eine echte Volksfigur also. Tom Pauls beweist hier einmal mehr, dass er unangefochten an der Spitze der sächsischen Komödianten steht.

→ www.**editionSZ**.de